& Ryōji
「ヤバイ気持ち」

Keigo Kashiwazaki

Chara

ヤバイ気持ち

鹿住 槇

キャラ文庫

この作品はフィクションです。
実在の人物・団体・事件などにはいっさい関係ありません。

目次

ヤバイ気持ち

口絵・本文イラスト／穂波ゆきね

ヤバイ気持ち

「なんでかな。俺、お前見てるとなんか欲情する」

唐突に、中条涼司《なかじょうりょうじ》は舞木透《まいきとおる》に向かってそう告げた。

うららかな昼休み――いつものように屋上で昼食を摂《と》っていて、確かほんの数分前までは、ごく普通に喋《しゃべ》っていたような気がする。

それが、涼司がふいに黙り込み、ほんの数秒後にはそんな台詞《せりふ》を吐いていた。さっきまでの世間話の続きのように口調は軽かったが、表情は至って真剣でニコリともせずに、挑むように真正面から透を見据えている。

一瞬その言葉の意味が摑《つか》めずに固まった透の、箸《はし》で摘《つま》んでいたコロッケがぽとりとコンクリートの床に落ちた。まるで、スローモーションみたいに。

それを涼司は目で追って、「落ちたぞ」なんて冷静に呟《つぶや》く。その途端、止まっていた時間が動き出したように、周囲の音が透の耳にうわあっと戻ってきた。だけど、走り出した鼓動は戻ってこない。

「……なんだって？」

呆然《ぼうぜん》と聞き返した透に、涼司は鼻白んだ表情を浮かべ、もう一度「変だよな、俺。なんでだと思う？」と聞いた。

「なんで…って…」

そんなこと聞かれても困る、と透は思う。

涼司の言葉の意味が、遅ればせながらもわかりかけてきた。だが、どう答えればいいのだろう？　第一、涼司はなぜそんなことを聞くのだろう。これは——嫌がらせか？

考えすぎだろうかと思いながらも、そう考えずにはいられない。だって、透は涼司のことを密かに想っているのだから。

いつからかなんて、わからない。気がつけば、涼司に対する想いは、友情以上のヤバイ感情に育ってしまっていた。それは、普通なら女の子に対して持つような、仄《ほの》かな恋心——もちろん涼司本人にも誰にも言えるはずもなく、その想いはひっそりと透の胸の奥深くにしまい込まれている。息を詰め、無理やりに押し込んでいる。

けれど、その困った感情は時折顔を覗《のぞ》かせて、透を苦しめる。

たとえば、プールではしゃぐ涼司の子供みたいな笑顔を見た時。さりげなく彼の手が透に触れたり、その息が頬《ほお》を掠《かす》めたりする時。どうしようもなく透の鼓動は乱れ、胸が苦しくなる。

そんな透の気持ちに、涼司は気づいたのではないだろうか。だからそんなことを言って透が困るさまを見て確かめるつもりなんじゃないかと、邪推せずにはいられない。

そういえばさっきから、涼司の視線は探るようにじっと透に注がれたまま動かない。瞳の奥からともすれば溢《あふ》れそうになる邪《よこしま》な想いを、見逃さないと言いたげな強い視線だ。

――違う。そんなのは気のせいだ。後ろめたさが、そんな被害妄想なことを思わせるのだ、と透は彼の視線を振り切った。

カマをかけられているのかもしれないのだから、ここで変に動揺するわけにはいかないと腹部にキュッと力を入れる。

同性に――しかも友人だと思っている相手に恋愛感情を抱かれて、涼司が受け入れてくれるとは到底思えない。頭の堅いヤツではないけれど、絶対に無理だと透は思う。

気持ちを打ち明けて嫌われて遠ざかってしまうくらいなら、このまま黙って一生友達としてそばにいたい。将来涼司が誰かと結婚するようなことになれば、死ぬほどつらい状況になるのだろうけれど、それでも彼を失うよりは、自分の気持ちを抑えてじっと耐えているほうがマシだと思っている。

透と涼司――それからもう一人、山内匡《やまうちただし》の三人は、高校入学を機に知りあった。なんとなく気があって親しくなり、以来一緒に行動することが多い。

積極的な涼司たちに比べれば、透は引っ込み思案でボーッとした性格だったから、どうして二人と仲がいいのかと周囲だけでなく透自身も疑問を持ってはいたけれど、二人にしてみれば和み系の透のそばはそれなりに居心地がよかったのだ。

透は涼司のテキパキした行動力や、嫌なことは嫌だとハッキリ言える性格に惹《ひ》かれずにはいられなかった。どこが好き、と意識するまでもなく、自然に積み重なったものが彼への恋心に変化していった。

匡は明るいムードメーカーで、そのくせ観察眼の鋭いところがあり、もちろん彼のことも透はすごいと思っていたけれど、それは涼司に対して時折感じる胸を引き毟《むし》られるような気持ちとは違う。どこが違うのかと考えて、涼司に対する気持ちが恋かもしれないと自覚してからは、ボールが坂道を転がり落ちるように想いは急速に育っていった。涼司が触れるもの、他愛のないお喋りの相手にまで嫉妬《しっと》して、でもずっと我慢して表面には出さないように努めてきた。

それなのに、いったいどうして涼司にバレてしまったのだろう、と透はちょっと途方に暮れた。隠していたつもりだったのに、いつ自分はボロを出したのか。それはともかく、こんな形で試されるなんて、ひっそりと想うことすら許されないってことなんだろうか。

透はわざと怒った声を出した。

「わかるわけねーじゃん、そんなの。なんで俺にそんなこと聞くんだよっ」

てっきり冗談だと笑うか、曖昧《あいまい》にごまかすだろうと思っていた涼司は、透のその言葉を聞くなりバツが悪そうに目を伏せた。その口許《くちもと》に苦い笑みが滲《にじ》む。

「そう…だよな」

気まずげに頭をかいて、でも次に顔を上げた時にはいつもの表情に戻っていた。

「変なこと言ってゴメン。そーだよな。俺にもわかんねーのに、透にわかるわけないよな」

わざとらしいぐらい明るい口調で彼は言い、手にしていたサンドイッチをばくばくと食べる。

「今のナシ。忘れて？」

拍子抜けしてしまうほど、呆気《あっけ》ない言葉だった。だが、忘れろと言われても、そう簡単には忘れられるものじゃない。

けろりと昼食を平らげる親友の姿を、透は恨めしい気持ちで一瞥《いちべつ》した。

——欲情する、と言った。

頭の中でその単語をくりかえし思い浮かべて、意味するところを考えては否定した。

そんなことがあるはずない。本人もわからないと言っているのだから、彼が自分に対して同じ想いを抱いているとはとても思えない。

「早く食っちゃえよ、透。体育館でバスケしようぜ」

動揺するような言葉を投げかけておきながら、涼司はすでになにもなかったような顔をして、ガサガサとゴミを片づけ立ち上がった。

「いいよ。先行って」

とても落ち着いて弁当なんか食っている気分じゃない、と透は彼がこの場からいなくなることを願った。

目の前でこのまま弁当箱を閉じれば、「残すのか?」だの「調子悪いのか?」だのとよけいな心配をされかねない。ましてや、あんな会話のあとで自分が食欲を失ったと思われたのでは、涼司が気にするかもしれないし、必要以上に考え込んでいる自分の態度を不審に思われても困る。それなのに。

「なんでさ。待っててやるよ」

彼の性格を思えば、この台詞はあたりまえのものだった。

遅れてモタついている透を、涼司は決して置いていかない。いつだって、必ず、負担にならない範囲で待っていてくれる。

そういうところが好きなんだけど――今回はちょっと困る、と思いながら、透は渋々箸を動かした。

「あれ、まだいたの。お前ら」

校舎に続く重い鉄の扉が開いて、姿を見せた匡が呆《あき》れたような声を出した。

「もうとっくに、昼飯終わってると思ったよ」

トロイなーと言いながら、彼はどっかりと透の隣に腰を下ろす。

「しょーがねーじゃん。透、いつも食うののろいしさ。だから待っててやってんの」

揶揄《からか》い半分にぼやく涼司に、いつもなら笑って受け流せることなのに、透はムッとして思わず声を上げそうになった。

「そんなの、お前の…」

――お前のせいだろ、と言いかけたものの、慌ててその文句を飲み込む。

涼司にとっては、すぐに取り消せてしまう程度の言葉で、自分がこれほど動揺しているなんて知られたくない。

口を噤《つぐ》んだ透に、匡が訝《いぶか》しげな視線を向けている。

「……それよか、匡のほうこそ大変だったんじゃないの？　先生なんだって？」

慌てて話題を変えて問いかけると、匡は嫌そうに顔を顰《しか》めた。

「えー……大変っつーか、もう頭ごなしだぜ。これ以上成績下がるようなら部活やめろとかさー。おんなじことばっかかくりかえしてて、俺ァそれよか腹減っちゃって、半分聞いてなかった」

ウンザリしたように言ってハハハと彼が笑うのに、涼司もゲラゲラ笑いながら口を挟む。

「試験前に遊んでるからだろ。自業自得だ」

「うるせー。人のこと言えるのかよ」

「言えるさ。俺、順位落ちてねーもん」

偉そうに言った涼司の頭に、匡は容赦なくチョップする。

「珍しく勘が鈍って、ヤマ外したんだよ。今まではずっとヤマが当たってただけなのに、そう言っても聞きゃあしねーじゃん、先生ってさァ」

「だから言ったろ。俺の言うこと聞けば当たってたのに」

二人がギャアギャア騒いでいるのを横目に、透はそっと弁当箱を片づけた。

今日、匡は四時間目が終了するなり担任に呼び出された。この前の中間試験で順位がダウンして、どうしたのかとようすを聞くためだったのだろう。

順位が落ちたとはいっても、透の成績よりもいい場所に彼はいる。涼司は学年で三十番以内の常連だし、いくら彼らが「試験は要領」だと言っても、もともとの頭のデキが違うのだと透は思っていた。透にしてみれば雲の上の闘いだ。見た目の格好よさだけでなく、勉強もスポーツも人より秀でているなんてズルイよな、と透はこっそり思った。とはいえ、そんな彼らが自分の友人であることは、誇りでもあるのだけれど。

「どうせ部活なんてあと半年ぐらいだし、オリンピック目指すほどの記録保持者でもねーから、やめたっていいんだけどさ。でも、順位が落ちたのを、部活のせいにされるとムカつくんだよな」

「そうそう。お前、部活もサボってるし。……部活、三年の一学期で引退だっけ。俺、夏休みプール入りたかったんだけどな」

「お前、来年の夏は受験一色だろ？　泳いでる暇、あるかよ。……あれっ？」

匡が素《す》っ頓狂《とんきょう》な声を上げてこちらを振り向くのに、つられたように涼司も透を見た。

「なんだ、透。もう食い終わってんじゃん」

早く言えよ、と涼司はメッと顰めっ面を作る。

「え…」

だって匡は…と言いかけて、唖然《あぜん》とした。この短時間にあれだけ喋り捲《まく》りながらも、彼のデカイ弁当箱はすでに空っぽだったのだ。

「んじゃ、行こうぜ。……なあ、透はどうすんの？　部活」

立ち上がりながら、ふと気づいたように涼司が問いかける。

「……どうすんのって…」

「お前、美大目指してんだろ？　だったら、美術部は卒業まで続けたほうがいいのか？」

透は軽く首を傾《かし》げて、少し考えてから口を開いた。

「水泳部や陸上部みたいに、ハッキリ引退の時期は決まってないんだけど。でも、俺不器用だからクラブと受験の両立はできそうにないし……ハッキリ引退はしないで、適当に出たい時だけ出て、気分転換させてもらう感じかな」

曖昧な返事に、彼らはおざなりにフーンと頷《うなず》いた。

「そういや、柏崎《かしわざき》さんだっけ？　あの人も受験生なのにいっつも美術室にいるよな。文化系のクラブってみんなそんなもんなのかな」

思い出したように匡が言うのに、透はよく知ってるな、とちょっと感心してしまう。

透は、匡の所属する陸上部の先輩や涼司の水泳部の先輩の名前も顔も覚えていない。匡や涼司の物覚えがよすぎるのか、自分がボンヤリしすぎているのか——きっと後者だろうと思い、考えるのをやめた。

「部長、推薦だって言ってた」

美術部部長の柏崎啓吾《けいご》の顔を思い浮かべながら、透は言った。

「そうなんだ？　あの人あんな顔してて頭いいからさ、てっきり国立目指してんだと思ってたよ」

涼司がどこかぶっきらぼうに吐き捨てる。

「……あんな顔って…」

「ヴィジュアル系。化粧したら似合いそう」

匡が笑った。

確かに整った甘いマスクではあるけれど、中身はけっこう男っぽいからこんなこと言われてるなんて知ったら怒るかも、と透は考えて小さく噴き出した。

それにしても——本当になにごともなかったように、涼司はあっけらかんと明るい。さっき彼が見せた真剣な眼差しは幻だったんじゃないかと思うほどだ。連れ立って体育館へと向かいながら、透の胸の中にちょっと理不尽な思いが込み上げる。だけど、蒸し返して文句を言うわけにもいかない。

体育館近くの渡り廊下に差しかかるあたりで、背後からパタパタと駆け足が近づいてきた。

「…中条先輩ー、ちょっといいですかー?」

続いた甲高い女子の声に、三人はそれぞれ足を止める。

「後輩?」

透はなんとなく涼司を見上げる。頭半分ほど背の高さに差があるので、透は涼司を見る時はいつもちょっと上目遣いになる。

「いや、知んねーヤツ」

素っ気なく涼司は言った。そのくせ、ちょっと口許がニヤニヤしてる。

「先行ってるぜー」

状況を察して、匡が透の腕を摑んだ。

声をかけてきた女子の胸章から、一年生だということがわかった。おそらく涼司に告白するつもりなのだろう。

こんなことは日常茶飯事で、今さら驚くことはない。涼司は女子にものすごくモテるし、適当に遊んでいることも透は知っている。知っているけれど、そのたびに胸の奥が疼《うず》くのにはいまだに慣れることができない。

「……もしかして、あいつお前に言った？」

体育館に入る直前、いきなり匡が身を屈《かが》めて透の顔を覗き込んだ。

「え？」

「欲情するとかなんとか。……言ったんじゃねーの？　だからお前、オタついてたんだろ」

相変わらずの勘の鋭さに、透は絶句する。聞くというよりは、決めつけるような口調だ。

それにしても、匡は知ったような口振りだけれど、涼司は先に彼にそんなことを話していたのか？

「……聞いてたんだ？」

「俺が聞いたのは、今朝。あいつと朝のバス一緒だったんだよ」

とくに表情も変えず、淡々と匡は言う。

「ど…どう思う？　どういうつもりであんな…」

落ち着いている匡とは反対に、透はオタオタと狼狽《うろた》えて目を泳がせた。

「どう…って——なんだろな。あいつ、節操ねーからな。お前、顔可愛《かわい》いし、見ててムラムラしちまったんかな。……それほど不自由はしてないはずだけど」

とんでもないことを、匡は言った。聞いているうちに、透は耳まで真っ赤になってしまう。

「ま、それほど深い意味はねーだろ。気にすんなよ」

あっさりと匡は言ったが、そんなことを言われて気にせずにはいられない。混乱する透に、匡は意味深な視線を向けた。

「……ムードに流されんなよ。あいつの気まぐれに振り回されたら、お前が傷つくだけだぞ」

見透かすようなその目つきに、透はギクリと身を強張らせた。

——もしかして気づかれてるんだろうか？　と考えて、目の前が暗くなる。

涼司といい匡といい、隠しているつもりなのに簡単にバレてしまうほど、自分はあからさまな態度を取っているのだろうか。

「…どう…いう意味…」

聞かないほうがいいかと思いながらも、黙っていられなかった。

「んあ？　意味なんかねーけど。だって、あいつケダモノじゃん。友達でも男でも関係ナシに、やりたくなったら襲っちゃいそう。気ィつけろよ。あいつ、やり逃げ得意だし」

冗談っぽく匡が茶化すのに、よかった気づかれてるわけじゃないんだと、透はホッと胸を撫《な》で下ろした。

「バッカ。襲われるわけねーじゃん」

平静を装って、透はぎこちない笑みを浮かべながら言い返す。

「わかんねーぞ。お前、ボーッとしてるし」

「してませんー」

頭を押さえつけられグリグリと小突かれるのに、離せよ、と透は声を上げる。匡は離してくれず、今度は透をくすぐろうとした。

と、ふいに背後から伸びた腕が、匡から透を引き離した。

「なに入り口でフザケてんだよ」

ちょっと怒ったような声で、涼司が言う。

「あれ、お前もう終わったの？」

告《コク》られたんだろ、と匡が聞くのに、彼は黙って頷いた。

「どうした？　また泣かせた？」

「……いや、ＯＫした」

「うっそー!?」

匡が大袈裟に驚くポーズを作る。透は驚きすぎて、声も出なかった。

そういえばここのところ、涼司は特定の彼女を作っていなかった。昨年つきあってた一つ年上の女子と別れて、そのあとは適当に遊んでいたようで、真剣な告白はのらりくらりと躱《かわ》していたようなのに。

「……タイプだったんだ？」

おどおどと口にした透をチラリと見て、涼司はハアとため息をつく。

「…っつーか、軽くお試しって感じ？　なんか押し切られちゃってさ。まあまあ可愛い子だったし、胸もデカかったし」

「摘み食いするつもりだろ。な？　透。こいつってこーゆーヤツなんだよ」

コソッと匡が声を潜めるのを耳聡く聞きつけ、「こーゆーヤツってなんだよ」と涼司が唇を尖《とが》らせる。

「無節操のケダモノ」

「なんだと、テメー」

言いあってふざけあい始めた二人を尻目に、透はそっと回れ右した。

「透？　どこ行くんだ？　便所？」

涼司が気づいて声を上げる。

「部室。用事忘れてた、ゴメン」

顔の前で手をあわせてから、透は身を翻した。

「ちょっと待てよ、おい」

涼司が怒ったように呼び止めたが、聞こえないふりをした。

こんな気持ちで、とても一緒にバスケなんかしていられないと思う。

涼司は、さっきの一年の女子とつきあうのだ。軽い感じの女子だったし、涼司は手が早いから、簡単に関係を持ってしまうかもしれない。きっとそんな話をノロケ半分にこれから聞かされる――友達だから。

前の彼女がいたころは、まだ自分の気持ちを自覚していなかったから、多少嫌だなと思ってもこれほど胸が潰《つぶ》れそうにはならなかった。遊びの話を聞かされても、本命の彼女じゃないからとある程度は耐えられた。でも、きっと今度は我慢できない、と透は思った。

――まあまあ可愛い子だったし、胸もデカかったし。

彼の言葉を思い出し、ちらりと見ただけの女子の顔を思い出そうと試みたが駄目だった。どうせ断るだろうと思い込んでいたから、注意して見ていなかったのだ。

泣きそうになりながら、透は美術準備室に飛び込んだ。美術部が部室代わりに使っている教室は、幸い扉に鍵《かぎ》がかかっていなくて隠れるにはちょうどよかった。

「はー……胸かー…」

透は自分の心臓あたりに、掌をくっつけてみる。

ぺたんこで、爆発しそうにドキドキしているのがわかる。ここが膨らんでるっていうのは、どんな感じだろうと考えながら、透は自分の胸をじっと押さえた。

「心臓苦しいのか？　舞木」

誰もいないと思っていた部屋の奥から声がかかるのに、透はギョッとして顔を上げる。さっきの涼司たちとの会話でも名前の上がっていた、柏崎啓吾がスケッチブックを手にして慌ただしく立ち上がり近づいてくる。

「……部長、来てたんですか」

「そ。今日、午後ないから放課後までここで時間潰してようと思って。それより…」

「平気です。ちょっと走ったからドキドキして」

適当にごまかすと、彼はホッとしたように少し長めの髪を指先でさらりとかき上げて、ニコリと笑った。匡の言う〝ヴィジュアル系〟の綺麗な笑顔だ。

三年になると午後は選択授業なので、科目の関係で午前中で帰れる日もあるらしい。だが、啓吾はマメに部活に出ているから、そんな日も時間潰しにこうして部室に入り浸っているのだ。

「舞木はどうしたんだ？　もうすぐ昼休み終わるよ」

「あ……はい、はあ、まあ…」

適当な理由が見つからなくて、透は言葉を濁らせた。言えないのを察したのか、啓吾は深く追及することもなく、あっさりと話題を変える。

「年末の課題作品、できそう？」

その質問にも答えられずに、透は困って頭をかいた。

年末に区でちょっとしたイベントがあり、絵画コンクールが行われることになった。区内の学校から各五名ずつ作品を提出することになり、美術部の面々もそれに向けて準備を進めているのだ。

だけど、透はなかなかモチーフが見つからなくて手つかずのままだった。美術部の中では透に期待する声も大きくて、だが、プレッシャーに弱い透は、期待されればされるほどよけいに萎縮《いしゅく》してしまっている。

「……なに描けばいいのかわかんなくなっちゃって…」

ごまかし笑いを浮かべながら小さく呟いた透に、啓吾は優しげな目を向ける。

「描きたいものならなんでもいいんじゃない？　特にテーマも決まってないし。舞木の心をそのまんま隠さずに絵にしてみれば？」

「はあ…」

そんな抽象的なこと言われてもよけいにわかんない、と思いながら、透は曖昧に相槌《あいづち》を打った。

耳の奥には、まだ涼司の声が残っているような気がする。そのそばから「流されんな」という匡の忠告が追いかけてきて、ついでに涼司を呼び止めた女子の声も響いてくる。

ただでさえ詰まっていて集中できずにいる透を、それらはますます追い詰める。考えたってどうしようもないと思いながらも、考えずにはいられなかった。

□■□

涼司は、一年の坂上綾乃《さかがみあやの》とつきあい始めた。

可愛くてちっちゃい顔と、華奢《きゃしゃ》な手足にはち切れそうな胸、自分が魅力的だとわかっている自信満々な彼女に対して、透はどうしても羨望《せんぼう》と嫉妬の入り交じった気持ちを持たずにはいられない。

積極的にぐいぐい迫ってくる彼女に、好かれて悪い気はしないのか、涼司は透に言ったことなど綺麗さっぱり忘れて脂下《やにさ》がっている。

それを不誠実だと思いながらも、「今のナシ」と即座に否定されていたこともあって、透ももう忘れたほうが自分のためだと思っていた。欲情すると言ったあの時の真剣な顔つきも、その理由も、もう考えない。

「涼司先輩〜♡」

昼休みにまで追いかけてきた甲高い甘えた声に、透や匡はもちろんだが当の涼司までもがウンザリしたような顔をした。

「……呼んでるぜ」

わざと素っ気なく、透は言った。

「わかってるよ。…ったく、しつけーな」

「おいおい、可愛い彼女がやってきたのに、そりゃねーんじゃないの？」

ホントは嬉《うれ》しいくせに、と匡が揶揄うように声をかける。

「…つーか、普通上級生の教室って来にくくねェ？　あいつ、全然平気なんだよな。なんかさー、一度や二度寝たからってもう女房気取り。だんだんウザッたくなってきた」

ため息まじりに涼司が薄情な台詞を吐くのに、透はドキリとして身体を強張らせた。

「ってことは、もうやっちゃったんだ？　ちっと早くねェ？　お前、手ェ早すぎ」

匡が思わず身を乗り出す。

「向こうから足開いてきたんだよっ」

据膳食わぬは男の恥だろ、と涼司が開き直ったように言い返す。

「いいから、早く行けば？　顰蹙《ひんしゅく》買ってるぜ、あの子」

こうしている間もずっと、綾乃は「せんぱァ～い～」と涼司を呼び続けている。語尾にハートマークがついているような甘えた声音に、クラスの女子たちはあからさまに嫌味を言ったり、睨《にら》みつけたりしているというのに、彼女自身はちっとも動じたようすもない。

図々しいとも取れる彼女の自信に満ちた態度に、透はふと羨望の眼差しを向ける。

「……透？　お前、誤解されそーな顔してんなよ」

隣で匡が呆れたように言った。

「え？　誤解？」

「まるで、親友の彼女に横恋慕してるよーな顔」

違うよ、と透は慌てて両手をバタつかせる。

「そんなんじゃないって。ただ、可愛いよなーと…」

正直に呟いた透に、匡はヘッと鼻先で笑い飛ばした。

「可愛いか？　顔だけなら、お前のほうが断然可愛いだろ」

「……なにそれ」

あっさり切り返されるのに、透は面食らって聞いた。

「べつに。見たまま言っただけ。一般論」

「……俺と比べられても…」

「安心しろ。性格もお前のほうが絶対イイから」

「いや、だから俺を引きあいに出されても…」

「飯食っちまおうぜ。あんなんほっといて。どうせ、カノジョと食いにいくんだろ」

匡の言葉に頷いて、透は弁当を食べ始める。でも、食欲はなかった。

——涼司は、もう綾乃を抱いたのだ。

あの手で彼女に触れ、唇を接《つ》け、彼女と深く交わった。

考えただけで、パニックを起こしそうだった。

こんな毎日が続いたら死んじゃいそうだ、と思う。だけど、友達なんだから、普通に話している端々に嫌でも彼女の話題は出るだろう。それを聞きたくないと思うのは、透の勝手な都合だ。

涼司は透の気持ちを知らない。知られたくないし、知らせるつもりもない。だから、綾乃とのつきあいを平気で口にする涼司を、無神経だなんて責められない。

この苦しさをいったいどこまで我慢できるのか。

目の前の現実だけで手一杯な状態なのに、さらに涼司が容赦なく追い討ちをかけてくるなんてことは、この時の透はまだまったく考えられずにいた。想像もしなかった。


「なあ、あれ考えてみた？」

物理室から教室に戻る途中の廊下で、唐突に涼司が言った。

匡はトイレに寄ると言って途中でわかれたから、たまたま二人きりで肩を並べていたのだ。

もちろん周囲には生徒がわらわらいるけれど、誰も透たちには注意を払っていない。あたりまえだ。こんな公共の場で、涼司がこんなことを言い出すなんて誰も思いやしないだろうから。

「……あれって？」

透もその他大勢と同じく、涼司がそんなことを言い出すとは思ってもみなかったので、なんのことだろうと素直に聞き返した。

「なんだよ。もう忘れちゃったのかよ」

途端に涼司はムッとしたように、唇を尖《とが》らせる。

「って、なんのことかわかんねーじゃん、それじゃ」

「前に言ったろ？」

涼司は少し身を屈めて、透の耳元に唇を寄せると声を潜めた。

耳たぶにふわっと息がかかって、透は思わず頬が熱くなるのを感じた。

「……お前に欲情するって、言ったろ。あれさー……どう思った？　なんでだかわかった？　ちょっとは考えてくれた？」

無神経な台詞に、頬どころか耳や首まで沸騰しそうになった。

「お前、セクハラだぞ！」

ムッとして、透は覆い被《かぶ》さってくる涼司の身体を押し退《の》ける。

「なんだよ。セクハラって」

失礼じゃん、と涼司は拗《す》ねたような目を向ける。

「性的嫌がらせ」

「なんで。俺は真剣に…」

「お前、ナシって言ったじゃん。聞かなかったことにしろって言っただろ！　だから、俺考えてねーよ。今言われるまで、キレイサッパリ忘れちゃってました！」

「……なんだよ、冷てーの」

フテ腐れたように彼が言うのに、「冷たいのはどっちだよ!」と透は叫びそうになった。あんなことを言って透を動揺させておきながら、知らん顔でさっさと彼女を作ってヤッてるくせに、と言葉にできない思いが胸の中に渦巻いている。でも、やっぱりそれは口には出せない。透は涼司のただの友人で、過ぎた好意を持っていること自体が間違っているのだから。透には怒る権利もないし、責められる立場じゃない。ただ、こんなセクハラ紛《まが》いの言動で自分を揶揄うことに対しては怒ってもいいと思うけれど。

むっつり口を噤んでしまった涼司の隣で、透もまた黙り込むしかなかった。顔も見ずに、教室までの廊下を歩き続けた。

六時間目の授業が終わり、みんなはそれぞれに帰り支度を始める。部活に行くもの、帰宅するもの、とバラバラだ。

涼司は逆切れして怒っているらしく、なにも言わずにさっさと教室を出ていった。怒りたいのはこっちだと思いながらも、自分の態度も悪かったんだろうかと考えずにはいられない透だった。

もっと親身になって相談に乗るべきだったのか? でも、自分に対して欲情するなんて言われて、どう答えればいいのか。俺もするから大丈夫、なんて言ったらきっともっと大変な展開になる。

「……透？　どうしたんだよ。涼司となんかあった？」

部活行かねーの？　といつまでもぼんやり椅子《いす》に座ったままの透のそばに、匡がやってくる。

「あ……うん。今行くとこ」

「って、ボケてんじゃん？　五時間目のあとから変だったよな。喧嘩《けんか》した？」

口調は軽いが、ニコリともせずに匡が聞いてくるのに、黙っていられずに透は口を開く。

「……涼司が……また変なこと言う」

「この前も言ってた、あれ？」

聞き返されて、透は頷いた。

「俺が…考えてなかったって言ったら、怒るんだ、あいつ。でも、考えようがねーじゃん。なあ、匡はどう思う？」

「どうって…」

しょうがねーなーと、匡はため息をついて天井を仰いだ。

「だって、自分でもわかってねーんだろ、あいつ。彼女とヤッててもイク瞬間にお前の顔が浮かぶだなんてさ、お前にも彼女にも失礼な話じゃん」

「なにそれ」

聞いてない、と透は目を丸くした。

匡は「シマッタ」と慌てて口を押さえる。

「それ、どういう意味？　涼司、お前にそんなことまで言ってんの？　俺、聞いてない」

「……そりゃ、本人には言いにくいだろ、さすがに。普通なら、お前見て欲情するなんてことだって本人に言えっこねー言葉じゃん」

あいつは厚顔無恥なとこがあるから、とフォローになっていないフォローをして、匡は気まずげに鼻の頭をかいた。

「それ……ホント？」

「……お前の顔想像してイクってヤツ？　マジらしいぜ。さすがの涼司も煮詰まってるよな」

まあ気にすんなよ、と軽い口調で匡は言うと、透の肩をポンポン叩《たた》く。

「気にするよ…」

気にするななんて無理だ、と透はぼやいた。

「思春期の気の迷いだろ。よくあることじゃん、同性に憧れるってさ」

「よくあることなのか？」

サラリと告げられた言葉に、透は目を丸くした。

だったら自分の涼司に対する気持ちも、変なものではなくよくあることなのだろうか?

「よくあることだろ? 体育会系の部活とかだとさ、わりとよく聞くぜ。右手の代わりしちゃうとか。ファーストキスの相手が同性っていうのもわりと多いらしいし」

「……た、匡も?」

「俺は違うけど」

あっけらかんと、匡が笑う。その明るさと屈託のなさに、透は少し救われた気分になった。

「だから気にすんなよ。涼司もそのうち収まるだろ。ああいうあけすけなとこ、いい時と悪い時があるよな。でも、許してやれよ。たぶん悪気はないんだろうからさ」

許す許さないで言えば、透はもうとっくに涼司を許しているだろうと思う。ただ、こうして気まぐれに自分の心をかき乱すようなことさえ言わなければ——許されない想いを抱いているのは自分のほうなのだし。

「んじゃ、俺も行くわ」

ひらひらと手を振って、匡は陸上部部室へと去っていく。その後ろ姿を見送って、透はハアと深いため息をついた。

下絵を描いたり消したり描いたり消したりしていたら、啓吾に名前を呼ばれて透は顔を上げる。

「舞木、お客さん」

廊下を指差されるのに、透は不審に思いながら立ち上がる。部活中に訪ねてくるなんて、いったい誰だろう？

カラリと扉を開けて廊下に出たが、誰の姿も見当たらない。とりあえず後ろ手に扉を閉め、キョトキョトと周囲を見回した。

ゆらりと視界の隅で影が動くのにドキッとして、そちらの方向に目を向けると、姿を現したのは涼司だった。

相変わらずちょっと怒ったような表情で、黙って立ち竦《すく》んだまま動かない。

「……涼司？」

透が声をかけると、ほうっと彼の肩から力が抜けた。

「あのさ、部活終わったら一緒に帰んねーか？」

唐突に彼は言った。彼がわざわざ誘いにきたことなんかは初めてで、透は一瞬面食らってしまう。

偶然帰り道が一緒になって、同じバスで帰ることはよくあった。部活の終了時刻は似たようなものだし、乗るバスも同じだから、至極当然のことといえた。それがわざわざ誘いに来るなんて——さっきのことを謝ってくれるつもりなのだろうか。

「……駄目なら、また明日でも…」

珍しく気弱な口調になるのに、やっぱり謝りたいのだろうと透は慌てて片手を胸の前で振った。

「駄目じゃないよ」

「ホント?」

ようやく涼司の顔に笑みが戻った。

「じゃあさ、じゃあ……帰り、ウチ寄ってかねー?」

「え?」

涼司の両親は共働きで帰りはいつも遅いらしい。今年の春、お姉さんが地方の大学に進学して家を出たそうなので、遅い時間まで彼が一人きりだというのは聞いたことがある。だけど、それで淋《さび》しいとかいうのは涼司のキャラクターからは想像できないように思えた。

いや、見た目と似合わなくても、淋しかったりする場合はもちろんあるし、透にあんなことを言って絡んでくるのも、なにか悩みがあるからなのかもしれない。

「……べつに…いいけど」

なんで？　ととりあえず、透は聞いてみた。お詫《わ》びに夕飯でも一緒に、とでも言うつもりかと軽く考えていた。

涼司は言いにくそうに目を伏せたが、やがて観念したように顔を上げる。

「俺、お前とやってみたい」

なにを？　と聞き返すほど、透は鈍くなかった。普段ボケているわりに、なんでこんな時だけ気が回ってしまうんだろうと神様を恨みたくなるほどだ。

「なに…言ってんだよ、フザケんなよ…っ」

謝ってくれるとばかり思っていたのにそんなことを言われて、怒りのあまりそれ以上言葉もない。さっさと踵《きびす》を返そうとした透の肩を、ふいに伸ばされた大きな手がぐっと捉《とら》えた。

「フザケてない。俺、真剣なんだ。……お前としたい。なんかわかんねーけど、イク瞬間、いっつもお前の顔が浮かぶんだ。一人でヤる時も、女とヤッてる時も。変だろ？　これ。変だと思わねェ？」

「……変だよ」

だろう、と涼司は大真面目《おおまじめ》に頷いている。

変というよりも、オカズにしていますと告白されること自体、相当失礼な話だと思うのだが、それについては告白しないだけで透も似たようなものだったから責めることはできなかった。

「だから――試しに本物の透とやりたい。想像じゃない生のお前でイケるかどうか…」

「お前、バカにしてんのか⁉」

思わず平手を振り上げて、涼司の頭をベチッと叩く。痛ェと頭を抱えた涼司に、透は「当然だ」と吐き捨てた。

「なんでそんなことで、試されなきゃなんないんだ。俺、そこまでつきあえない」

「冷てーな、俺ら友達じゃん」

涼司は理不尽な文句を口にした。

「透、俺のこと嫌い？」

嫌いじゃないから困るんだろう、と言うに言えず、透は暴れ回りたい気分になった。

どうしてこんな無神経な男が好きなんだろう？　自分の心を思いやってもくれない、自分勝手な男だ。

「友達に、やろうなんて言うかよ、フツー」

声が震えないように必死で気をつけながら、言い返す。自分なら死んでも言えない台詞だ。

「……そうかな」

「あたりまえだろ！」

「だって、やりてーんだよ」

「この下半身男！」

ちっとも反省せずに、涼司は「それでもいいから」などと言う。

「俺、ウマイよ？　優しくしてやるし、そんじょそこらの女とやるよりサービスするぜ？」

今度は容赦なく、透は拳骨《げんこつ》で涼司の頭を殴った。

「痛ェッ!!」

「痛くてあたりまえだっつったろ、このバカ！」

怒りのあまり、言葉が荒くなった。

「……なんでそんなに怒るんだよ。透、潔癖だよな」

「怒るのがフツー！」

「そうかァ？」

涼司はシュンと肩を落とす。

そういえば、と透はさっきの匡の言葉を思い出した。

体育系の部活では、右手の代わりをするのはよくあることだと言ってたっけ。

「……よくあることなのかな、そういうのも」

「え？」

「み、右手の代わり、すんの」

透の呟きの意味するところにピンときたのか、涼司は「よくあるよ」とたたみかけた。

「だから、な、いっぺんだけでいいから。乱暴なことしないし。……どうしても嫌だったら、途中でやめるし」

やけに甘ったるい優しい声で、涼司が囁《ささや》いた。

透はグラリと自分の中芯が揺れるのを感じる。

そして、ふと思う。

たとえば自分の涼司に対する気持ちも、よくある一時期の気の迷いならば——身体を重ねてみれば目が覚めるだろうか？　自分でもどうしようもない気持ちが冷めて、落ち着くこともできるだろうか、と。

間違いだと気づけば、涼司が誰とつきあっても誰と寝ても、胸をかき毟るような苦しさは起こらなくなるのか？　彼への想いは断ち切れて、普通に女子とつきあって——……。

「……いっぺんだけだぞ」

目を伏せて、透は呟いた。

「いいの？」

驚いたように、涼司が聞き返す。

「俺は……奉仕しねーし、途中で嫌だっつったらやめろよ？」

「わかった。絶対。約束な？　指切りしよ」

強引に透と小指を絡めて、ゆびきりげんまーん、と口ずさんでから、涼司は嬉しそうに笑った。

「じゃあ、部活終わったら迎えにくるから待ってて」

「いいよ。下駄箱んとこにいるから」

「わかった。俺のが遅くても帰るなよ？　絶対だぞ！　指切りしたんだからな！」

何度も念を押して、バタバタと駆け去っていく姿を見送って、すでに透の胸には後悔が湧き起こっていた。

ついＯＫしてしまったけれど、こんなに簡単に、するとかしないとかいう問題なんだろうか？

いっぺんだけそんなことをしたからといって、もし自分の気持ちが冷めなかったら？　惨《みじ》めなだけじゃないんだろうか、と思ったら泣きたくなった。

弾みとはいえ、なんてことを約束してしまったのだろうと思わずにはいられない。匡には忠告されていたのに——本当にするつもりなのだろうか、涼司は。

早めに部活を切り上げたのか、透が下駄箱まで行った時にはすでに涼司は靴を履き替えて待っていた。

学校前からバスに乗って二十分。バス停から徒歩三分ほどの場所に、涼司の住むマンションがある。八階建ての七階部分、４ＬＤＫの部屋だ。

今までに何度か遊びに来たことがあるけれど、エッチが目的で訪れる日が来るなんて夢にも思わなかった、と透は考えて気が遠くなった。バスに乗っている間も、歩いている時もさすがに二人の会話は途切れがちで、漂う空気は重かった。

「先、シャワー使う？」

慣れたようすで涼司が言うのに、緊張しているのは自分一人なんだろうかと透は泣きそうになってしまった。

「透？　……そんな悲愴《ひそう》な顔しなくても。安心して任せろって。ひでェことはしないからな？」

頭を引き寄せられて、髪に唇が触れそうなほど涼司がくっついてくる。

愛されていると錯覚しそうなその仕種《しぐさ》に、透は大声で喚《わめ》きたくなった。どうしようもない焦燥感にも似た気持ちが込みあげて、逃げ出したくなる。

涼司は自分のことをそんなふうに想ってないと、透にもわかっている。恋愛の対象じゃない。それなのに、こんなふうに優しくできる。グラついて勘違いしてしまいそうなほど、涼司は透を大事にする。

「……ほ、本当にする気？」

往生際が悪いかなと思いながらも、透はそう口にせずにはいられなかった。

「なんだよ。約束だろ」

ムッとしたように彼は言い、透をバスルームに案内する。

「どうぞ」

口許を綻《ほころ》ばせて、涼司はドアを閉めた。脱衣所で一人になった透は、目の前の大きな鏡を凝《み》視《つ》めて深いため息をついた。

——ホントにこれでいいんだろうか？

考えても考えてもわからない。

好きな相手と——自分のことを好きじゃないとわかっていながら、身体を重ねる。そのことの意味を考えただけで、思考がストップしてしまう。

のろのろと制服を脱いで、透はバスルームに入った。キッチンから操作してくれたのか、すでにシャワーのお湯が使えるようになっている。

「……よく気のつくヤツ」

苦笑しながら、シャワーのコックを捻《ひね》った。

外見のよさだけでなく、こういうこまめなところがモテるのだろうと納得しながら、頭からシャワーを浴びた。その時——。

いきなり湯気の向こうから、ぬうっと人影が入ってくるのに、透は息が止まりそうなほど驚いた。

慌ててコックを閉めようとする透の手首を、涼司の手が摑んで止める。

「なんだよ、お前…っ」

勢いのいい飛沫《しぶき》を避けながら、透は声を上げた。

「いいじゃん。時間の無駄だから、一緒に浴びよ?」

「じゃあ、先に使えよ! 俺、あとでいいから」

一緒に浴びるなんて冗談じゃない、と透は慌てた。いくらなんでも心の準備が間にあわない。いや、どれほど時間があっても心の準備なんかできっこないのだけれど。

「……なんだよ。お前、冷たすぎるぞ。仮にもこれからエッチしようって相手にさー」

拗ねたように、涼司が言う。ムチャクチャな文句だと、透は思った。

「お前、デリカシーなさすぎるよ」

「なんで。……考える時間なんかねーほうがいいだろ。お前一人にしたら、逃げ出しそうじゃん。先に部屋行かせて待たせてたら、俺が悠長にシャワー浴びてるうちにいなくなっちゃいそう」

「……そんなこと…」

考えてなかったとは、とても言い切れなかった。透はさっきから、やっぱりやめようとか、どう言えば中止になるだろうなんてことを何度も考えていたからだ。

「洗ってやるよ」

戸惑う透を尻目に、涼司はスポンジにボディシャンプーを泡立てる。

「え、いい。自分で…」

抗《あらが》っても無駄だった。背中に涼司の持つスポンジが触れただけで、震えそうになる。

透が硬直したのをいいことに、涼司は余裕の手つきでくるくると透の身体を擦《こす》った。首筋から背中へ、胸許、腹部、それから——。

「うわ…っ！　いい、こっから下は自分で…」

スポンジが下半身に滑り下りていくのに、さすがに透は拒絶して抵抗したが、涼司は「駄目だ」と取りあわなかった。

「これから俺の抱く身体なんだから。ちゃんと洗わせろ」

「やだったら。バカ！　エロオヤジ！」

半ば押さえつけられるように、強引に涼司が身体を洗う。表面を撫でられて、透がピクンと反応した。

「……お前、感度いいじゃん」

揶揄うような口調で涼司が言うのに、透はカッとして手を振り上げたが、簡単にそれらを縛《いまし》められてしまった。

「ここでする？」

一回抜いたほうがいいかも、と勝手なことを言って、涼司はスポンジを投げ捨てると、透の下腹に手を伸ばす。

「や、やめろよ！　まだ、駄目っ」

「って、臨戦態勢のくせに」

背後から抱え込み、涼司の指が器用に動く。何度か扱《しご》かれただけで、透は簡単に昇り詰めてしまった。

好きな人に触られて嬉しいと思う余裕はまったくない。パニック状態で真っ白だ。

バスルームの壁に縋《すが》って、透は俯《うつむ》いたまま熱い息を吐く。シャワーのお湯に混ざって、白濁した僅《わず》かな液体はすぐに排水口に流れていった。

「……ちょっと早いよ、透」

「お、お前…が…っ」

「俺が？　上手《うま》かった？」

バカ、と吐き捨てた透に、涼司はふと顔を寄せた。

「あーあ、せっかくだったのに顔見えなかったじゃん」

さも残念そうに言ってから、ニッと笑う。

「でも、ま、いっか。時間はたっぷりあるもんな。……ベッド行こうぜ」

口接《くちづ》けようとその唇が近づいてくるのに、透は思わず顔を背けた。

「……なんだよ。キスさせろよ」

「右手の代わりなだけなのに、キスする必要がどこに…」

「右手の代わりィ？　……俺、んなこと言ったっけ？　かきっこするだけじゃねーじゃん。俺、ちゃんとお前のこと抱きてーの。お前の中でイキてェんだもん」

身体中から火を吹きそうなことを、涼司はいけしゃあしゃあと口にする。

このまま流されても本当にいいのか、と透はもう一度考える。でも、もう遅かった。

腕を捕られ、大きなバスタオルに包まれて、あっという間に涼司の部屋に引っ張ってこられた。

「どーん！」

子供みたいな口調で声を上げながら、涼司は透を抱えたままベッドに倒れ込む。

「痛ッ」

乱暴に押し倒されて、透は喚《わめ》いた。

「あ、ゴメン。痛かった？　悪い、悪い。勘弁。な？」

肩と背中に衝撃を受けて眉を顰めていた透の隙《すき》を突いて、涼司はチュッと音を立てて唇を啄《ついば》んだ。

「……あ…！」

ギョッとして息を引いた透を覗き込み、涼司はへへへと照れ笑いを浮かべる。

「初チューでした」

してみればそんなに拘《こだわ》るほどのもんでもないだろ？　と勝手な御託を並べながら、今度は深く唇を貪《むさぼ》ってくる。

透は、突然の侵入者に応戦するのがやっとだ。息の継ぎ方もわからないし、潜り込んできた舌が思うままに動き回るのに、どう反応すればいいのかもわからない。混ざりあった唾液《だえき》が喉《のど》に流れ込んで噎《む》せ返りそうになり、大きく胸を喘《あえ》がせるのに気づいて、涼司はようやく唇を解放してくれた。

「……おい、鼻で息しろよ」

バカだな、と涼司は笑う。

どうせバカだよ、と言い返して、透は図らずも潤んでしまった瞳で涼司を見上げた。

「お前……可愛い」

優しげに目を細めて、涼司が再びキスをする。角度を変えて何度も口接けられて、透のただでさえ真っ白だった頭から、最後の思考力が奪われていく。

もしかしたらシャワー浴びながらあんなことしたからのぼせちゃってよけいにボーッとしているのかも、と思っているうちにも、涼司の指や唇や掌が、透の身体を辿《たど》っていく。

今度は、好きな人に触られている、と思うことができた。気分的にはそれだけでイッてしまいそうだ。だが、それにストップをかけるのは、好きな人に愛されてないという現実だ。

上手いと言った言葉は嘘《うそ》ではなく、涼司は透の身体のあちこちに火をつけていく。彼の経験が自分を簡単に高めていくのだと思うと、嫉妬にも似た思いが込み上げて、透の胸はズキズキ痛んだ。

「…なあ、気持ちイイ?」

焦《じ》れたように、涼司が言った。

答えれば変な声を上げてしまいそうで、透は黙って頷いた。

「……ホントに？　じゃあ、ちょっとは可愛い声聞かせろよ」

オヤジ臭いことを言って、いきなり涼司は透の欲望を口に含んだ。

「ひぁ…っ」

「そーそー。そーゆー声」

舐《な》められ、吸われて、透は両手で顔を覆う。

「い――…嫌だ！　嫌っ、やめろよ！」

暴れようとするのを、涼司が力ずくで押さえつける。

「…やめるって言った！　俺が…嫌だって言ったら、途中でもすぐやめるって！　もう嫌だ！　離せよ！」

「うるせーな。嚙《か》むぞ」

物騒なことを告げられて、透はビクリと身体を強張らせる。

「……こんなとこまで来て、やめられるかよ。透だって、ここでやめられたら困るだろ。ちゃんとしてやるから、任せろってば」

「約束と…違う…っ」

「約束？　あれは、逃げないって約束だろ。逃げずにちゃんとやらせてくれるって、指切りしてくれたんじゃん」

「……詐欺師…」

「大丈夫。怖くねーだろ？　俺が透に怖いことするわけねーじゃん。な？　だから、じっとして。今日はなにもしなくていいから。じっとしててくれたら、全部俺がやってやるから」

甘ったるく囁いて、涼司は行為を再開する。その指が背後に回されて、体内に侵入しようとするのに、透はやっぱり「嫌だ」と声を上げてしまう。

「…なんでそんなとこ！」

「……大丈夫だって。ちゃんと挿入《はい》るから」

涼司の言葉に、恐怖が込み上げてきた。

「や…」

怯《おび》えてかぶりを振る透に、涼司は微笑《ほほえ》みかけると用意してあったゼリーで指を濡《ぬ》らす。

「…なに…それ…」

「女と違って濡れねーから、つらいと思って。……女の子でも、初めてん時は濡れねー子とかいるからさ。可哀相《かわいそう》だし、俺もキツイ」

「やめよう、涼司」

お願い、と透は懇願した。

涼司のことがとても好きだけれど、こんなことまではできそうにない。いや——透だって彼を想って自分を慰めたことはある。友人への冒瀆《ぼうとく》だと後悔し、後ろめたさに涼司の顔が見られないことも何度かあった。好きな相手と交われるなんて幸せなことだと想像していた。だけど、これは違う。

涼司にとってはただの遊びだ。本気の自分が可哀相すぎる。

「やだ。もうやめよう」

「怖い？　大丈夫。ちゃんと慣らしてやるから。丁寧にゆっくりゆっくりするからさ。そしたら、蕩《とろ》けて痛くなんかないよ。ほら、身体の力抜いて」

「……嫌……——あ、ああ、あ……ぁぁっ」

前を口に含んだまま、涼司の指が深く入り込んでくる。ゼリーの助けを借りて、さっきよりも容易《たやす》く指が動くのに、目の前が白くスパークした。

「…い…やぁ……」

拒絶の言葉もどこか甘えたようなものなのに、透は驚愕《きようがく》した。涼司がゆっくりと自分を溶かしていく。内側から崩していく。

気が遠くなるほどの時間をかけて慣らされたあげくに、涼司は張り詰めた自身を擦りつけ一息に潜り込んできた。

「う、うぁ…っ」

「痛い？　もう、痛くねーだろ？」

確かに痛みはなかったが、内臓を押し上げるような圧迫感に、透は口をはくはくさせる。

「……気、持ち悪…」

「ちょっとだけ、我慢」

「駄目…っ」

我慢できない、と訴える透を、涼司が深く抱き込む。

「……もう少しで…イイところまで届くから」

「あ——……あっ」

納得のいく位置まで潜り込み、ハアと息をついてから、涼司が動き始める。

透はその動きに息をあわせるのが精一杯だった。時々背筋を痺《しび》れるような感覚が走って、それがなんなのか確かめる術《すべ》もなく、自然に涙が溢れた。

とうとうやってしまった——それだけでも充分すぎるほどの衝撃なのに、涼司はなおも透を追い込んだ。

茫然《ぼうぜん》とベッドに突っ伏している透を見もせずに、涼司はポツリと呟いたのだ。

「……なんか想像してたのと違った」

それきり黙り込んだ彼の横顔を、透は信じられない思いで見上げる。

背けられたままの視線と、固く引き結ばれた唇——涼司の表情を読みとるのは難しい。行為の余韻に浸っているというのでもない。興奮はとっくに冷めて、空気までが冷え冷えとしている気さえする。

頭からバケツで水をかけられたような、そんな衝撃も感じた。

想像していたのと違う、というのはどういうことなのか。

彼は女の子としている最中に、透の顔を想像すると言っていた。透の顔でイク、といっていた彼が〝想像と違う〟と思ったのは——つまり幻滅したということだろう。

頭で考えていたほどよくなかったということなのだろう。

なんてひどいことを言うんだろう、と透は泣き喚きそうになった。あんまりだと思う一方で、現実なんてこんなものだとすでにあきらめている自分もいる。

最初から、心のどこかでこうなるような予感めいたものもあった。まさかあからさまに言葉で告げられるとは思ってもみなかったものの——冷めればいいと、透自身自分に対して考えていなかったといえば嘘になる。

それなのに——自分はそうではないのだ。

強引に身体を繋《つな》がれて、そのうえそんな暴言を吐かれて、なおまだ透は涼司を好きだった。冷めるどころか想いは募る一方だ。彼の指や唇の感触が残る身体を両手で抱いて、壊れそうな心を支える。

ゆっくりと身を起こし、透もまた涼司を見ないまま呟いた。

「俺、帰る」

そう言う以外、どう言えばよかっただろうか。

ここには自分の居場所はないのに。


そんな透の背中を、涼司は眩《まぶ》しげに凝視めた。一瞬手を伸ばしかけて、躊躇《ちゅうちょ》する。

だけど、今はまだなにも言えなかった。

もちろん、透はそれには気づかず、逃げるように部屋を出ていってしまう。引き止められない焦れったさに、涼司は小さく舌打ちした。

□■□

翌日学校で顔をあわせた涼司《りょうじ》は、普段とまったく変わりなかった。

傷ついて、家に逃げ帰った透《とおる》が一人風呂に入ってベソをかいていたなんて露ほども思わないのか、けろりと「おはよう」なんて声をかけてくる。

つまり、涼司はあれで納得したのだ、と透は絶望的な思いを噛《か》みしめた。

想像と現実が違うことを確かめて、全部なかったことにした。一度だけの行為を綺麗さっぱり忘れ去り、彼はなにごともなかったように透に接して平気で生きていくのだ。

その証拠に、涼司は朝っぱらから訪ねてきた綾乃《あやの》と、なにやら楽しげにヒソヒソ話をして笑いあっている。

それに比べて、自分の情けないことったらない、と透は暗い気持ちになった。自分はこの先何度彼との行為を思い出し、反芻《はんすう》して一人で泣くのだろう、と。いっそ最低の男だと嫌いになれればいいのに、それもまだできそうにない。

「あ…」

指にできたささくれを噛んでいたら、皮が剥《む》けて血が出てきた。慌ててその血を舐《な》めとっていると、綾乃と別れて教室に入ってきた涼司が、透のそばに近づいてくる。

「どうした？　血ィ出てる」

唇についた血を見て、彼は透が唇を切ったと思ったらしい。顎《あご》に指をかけられ顔を覗《のぞ》き込まれて、思わず透は身を引いた。

「ぶつけたのか？」

いつもどおりの優しい声で、涼司はなおも聞いた。

「違う。……指の血がついたんじゃないかな。ささくれ、毟《むし》っちゃった」

「痛ェだろ、それ。ちょっと待って」

涼司は制服の胸ポケットから生徒手帳を取り出すと、挟んであった絆創膏《ばんそうこう》の封を切る。

「手、貸して」

おずおずと差し出した透の指に、くるりとそれを巻きつけて、ニッと笑う。

「ほら、これでもう痛くない」

子供にするような仕種《しぐさ》に、透はプッと噴き出した。

「子供《ガキ》くせー」

笑った透に、涼司はあからさまにホッとしたような顔をした。

平気なふりをしてはいても、やはり気にしてくれていたのかもしれないと思ったら、恨む気持ちにはなれなかった。

やっぱり友達でいよう、と透は思う。

いつか彼への恋愛感情は、緩やかに友情へと変化するかもしれない。昨日のことも、いつか気恥ずかしい過去の話だと笑える日がくるかもしれない。いつまで経ってもそれが無理でも、それはその時に考えることにしよう、と思う。

あんなことがあっても——自分に幻滅しても、こうして今までどおりに笑いかけてくれる涼司のそばに、もう少しの間だけでもいたいと思う自分はチョロすぎるだろうか。

「透、英文の訳やってきた？」

「あ……忘れてた」

「バカ、お前今日あたるぞ。見せてやるから、授業始まる前に写しちゃえよ」

前にも増して透の面倒を見ようとするのは、涼司なりの詫《わ》びのつもりだろうかと、透は考える。

その好意に素直に甘えることにして、透は彼のノートを借りた。

できるだけ拘《こだわ》らないように、忘れたふりをしていようと透は開き直って、三日が過ぎた。

もちろん、その間も常に涼司を意識し続けていたのだけれど、それが無駄だということもちゃんとわかっている。涼司の態度は変わらないし、あのことにも一切触れない。

だから、透も忘れるしかないのだ。

それなのに、涼司の一挙一動にドキドキする自分に気づいては、これが振り回されるということなのかもしれないと透は自己嫌悪に陥っていた。

涼司が授業中指名されたり、誰かに名前を呼ばれるたびに、密かに緊張してしまうのはきっと自分だけだと情けなく思う。そんな状態なのだから、直接涼司に声をかけられたりしたら——。


「透！　悪い！」

放課後、部活に向かおうとするのを、ふいに背後から呼び止められて、透は飛び上がった。

もちろん、その声の主が涼司だからよけいにだ。

「なに…？」

ドギマギしながらも、平静を装って答える。

「お前に貸してやるって言ってたCD、忘れてた。帰り、ウチ寄ってくれないかなー」

「いいよ、明日で」

急がないから、と言った透に、涼司はふと不安げな表情を浮かべる。

「……俺、忘れっぽいからさ。明日も忘れちゃうかもしんないし……お前も早く聴きたいだろ？」

彼の表情から、ＣＤのことだけを気にしているわけではないことを悟って、どうしよう、と透は密かに迷う。

恐らく涼司は、あんなことをしてしまった自分の家に、もう二度と透が来てくれないのではないかと危惧《きぐ》しているに違いなかった。

つまり涼司は、透と今までどおりの友情を続けたがっている。友達のままでいたいと思ってくれているのだ。

透にしてみれば、しばらく彼の部屋には行きたくないというのが正直なところだった。まだ記憶は生々しいし、行けば意識せずにはいられないだろう。

「……俺んち、もう来たくねェ？」

案の定、涼司は弱気な声でストレートに問いかけてきた。

「え…そんなことは…」

ないけど、と透は口籠《くちごも》った。

このまま行かなかったら、気まずくなって疎遠になっちゃうかもなどと極端な想像をして、透のほうが弱気になる。

「いいよ。んじゃ、貰《もら》いにいく」

玄関で受け取ってすぐに帰ればいいか、と割り切って透は言った。

「サンキュ」

涼司は子供みたいに無邪気な笑みを見せて、「じゃあ、あとで」と身を翻した。


透は、靴を脱ぐつもりはなかった。だから、玄関でじっと佇《たたず》んでいた。

「……どうした?」

そんな透を不審げに振り返って、涼司は表情を曇らせる。

「え…?」

「ボーッと突っ立ってるから」

べつに、と透はかぶりを振った。

「上がれよ」

「いい。CD持ってきてくれる?」

素っ気なくならないように努めながら透が言うのに、涼司はムッと眉を顰《しか》める。

「上がれってば」

「涼司…」

彼の口調がきつくなるのに、透は僅《わず》かに後退《あとずさ》った。途端、伸ばされた涼司の手が、透の腕を摑《つか》む。

「涼司？」

ぐいと引き寄せられて、透は自分が土足のままなのに気づいて当惑した。こんなふうに強引に室内に入らされるとは思っていなかったのだ。あんまり拒むのもよくないだろうか、と仕方なく靴を脱ぎかける。

靴に気を取られていたばかりに、覆い被《かぶ》さってくる影に気づくのが少し遅れた。ハッとした時には、透はすでに涼司にがっちりと抱き込まれていたのだ。

「ちょ…っと、なに？　なんだよ、涼司!?」

涼司はなにも言わずに、両手で透を拘束したまま、奥へと連れ込もうとする。

なにがなんだかわからずに混乱した状態でベッドまで引き摺《ず》られて、ようやく透は涼司の目的を知った。ＣＤを貸すなんて、透をここに来させるための口実でしかなかったのだ。

「やめろよっ、なに考えてんだっ」

「しよ、透」

仰向けに倒れ込んだ透の下腹の上に跨《また》がるように座って、涼司は制服のボタンに手をかける。

仰天して透はジタバタと暴れたが、涼司を撥《は》ね退《の》けることができなかった。

この姿勢は、喧嘩《けんか》で一番不利なものだといつだったかテレビで見たことがある。下腹を押さえつけられてしまうことで自由が奪われ、伸《の》し掛かってくる相手に対して殴りつけることもできない。反対に、乗っかっているほうにすれば、これ以上はないほど有利な体勢なのだ。

「退《ど》けよ、フザケんな！」

「フザケてない」

「じゃあなんでこんな…」

フザケていないという言葉どおり、覗き込んでくる涼司の視線は真剣そのものだった。ゾクリと背筋を寒気が走って、透は身体を強張らせる。

「……やめろよ。お前……想像と違ってて幻滅したんだろ！　それなのに、なんで…」

「幻滅？」

なんだよそれ、と涼司は微《かす》かに顔を歪《ゆが》めた。

「想像してたのより、ずっとよかったよ。俺の想像なんか遥かに越えてた。……あのあとから、俺、お前のことばっか考えてる」

いけしゃあしゃあとそんな勝手なことを言うのに、透は怒りのあまり貧血を起こしそうになった。

それならば、あの暴言で傷ついて一人泣いた自分はなんだったのだろう、と唖然《あぜん》とする。ここは喜ぶところじゃなく、怒らなければいけないところだと、ぼんやりした透でもさすがにわかっている。

「退けったら！　いっぺんだけっていう約束だった！　指切りしたのは…」

「前にも言ったじゃん。あれは、透が逃げないっていう約束だったんだって」

いいだろ？　と言いながら、涼司が身を屈《かが》める。

「なあ、……お前もそんなに悪くなかったろ？　だったらいいじゃん。時々こうして、気持ちイイことしよ？」

「…やめろ!!」

首筋のあたりに顔を埋《うず》められて、透は震えた。

口では嫌だと言いながら、すでに身体が裏切り始めている。一度身体を重ねたことで、次にどうされるのかがわかっている。涼司の匂いも唇や指の感触も、貪欲なほど透は覚え込んでいて、知らず知らずのうちに求めてしまいそうになる。

だけど、今度はこのまま流されるわけにはいかないのだ。絶対に。

「嫌だ！　死んでも嫌！　だいたいお前、つきあってる彼女もいるのに不誠実だ！　いくら身体だけでも、違う人間とこんなことしてるなんて知ったら、彼女が可哀相《かわいそう》だろ！」

さすがに綾乃のことを言ったら、涼司も引くだろうと思った。綾乃とはすでに深い関係なのだし、欲求不満というのでもないだろうに。

「……綾乃のこと？　関係ねーじゃん」

「関係なくない！」

「でもさ、こうしてることが綾乃に対して不誠実だって言うなら、透のこと考えながらあいつとすんのも充分不誠実だろ？」

拗《す》ねたように唇を尖《とが》らせ、ムチャクチャなことを涼司は言う。そうして呆気《あっけ》に取られている透の身体に、当然のように触れてきた。

「涼司…っ」

ズボンのファスナーを開けて、するんと忍び込んできた指先が怯《おび》える透のものを直接握った。ピクンと反応してしまった透に、涼司はうっすらと微笑《わら》う。

「……透だって、その気がないわけじゃないんじゃん」

「違う、そんなの…」

反論しかけて、透はヒュッと息を呑《の》んだ。

悪戯《いたずら》な指先が背後へと回り込む。ぐいぐいとわけ入るように指が捩《ね》じ込まれた。

「……熱いな、お前ん中」

「嫌だ……——……あ、あ…っ」

下着ごとズボンを脱がされ、足を抱え上げられた。性急に、涼司は身体を繋《つな》ごうとした。今日は透が蕩《とろ》けるまで待ってくれるつもりはないらしい。

焦ったようにあちこちを弄《まさぐ》り、嚙みつくように口接《くちづ》けてくる。もがきながら、透は靴下を穿《は》いたままの自分の足先が、頼りなく揺れるさまを見ていた。

溺《おぼ》れる者ががむしゃらになにかにしがみつこうとするのと同じように、あきらめにも似たため息を一つ落としてから、透は涼司の背中に縋《すが》りついた。痛みごと、抱きしめた。

□■□

昼休み——パンを買ってくる、と言って教室を出た透は、購買部ではなくトボトボと美術準備室に向かっていた。

べつに、涼司を意識してのことではない。

彼は、今日は綾乃と一緒に学食に行った。彼らの仲は至極順調らしく、綾乃といる時の涼司は穏やかで優しげだ。少なくとも透に挑みかかる時のような激しさは、微塵《みじん》も感じさせない。

あれから三度、透は涼司と関係を持った。いつも帰り道、強引に家に連れ込まれ半ば無理やりに一方的に貪《むさぼ》られる。

もう身体の隅々まで、涼司に知られ尽くされているような気さえしてくる。どこをどうすれば透が堪《こら》え切れずに声を上げるか、どういう行為を嫌がるか、どこで調べてくるのかいろいろと体位を試そうとする。最初は抵抗しても結局最後は、ズルズルと言いなりになって身体を開いてしまう。

――なんのかんの言っても、好きなんだもんな。

ひっそりと胸の内で呟《つぶや》いて、透はまたため息をついた。

扉の鍵《かぎ》は開いていたが、幸い美術準備室には誰もいなくて、窓際に置かれた椅子《いす》に座ってぼんやりと校庭を眺める。季節外れのプールには人影はなく、張られた水は濁っている。

夏の間、透はよくここから水泳部の涼司の姿を見ていた。部員たちとはしゃぐ姿も、イルカのように綺麗に泳ぐ姿も、みんな見ている。憧れは胸の中にしまい込まれたまま、今も変わらずに身体の芯を疼《うず》かせた。

あの夏の日には、まさかこんなことになるとは思わなかった。四日と間を空けずに身体を重ね、だけど心は遠いままだ。

「あれ、舞木《まいき》?」

ガラリと扉が開いて、驚いたような声がする。振り向くと、啓吾《けいご》が立っていた。

「珍しいな、こんな時間に」

どうもこんちは、と軽く挨拶《あいさつ》して、透は再び視線を外に戻した。

「なに見てんの？」

背後から近づいてきた啓吾が、同じように窓の外に目をやる。

「プール？　寒そうだな、外。そろそろコート出さなきゃ」

「え？　まだ早いでしょ」

「俺、寒がりなんだよ。……舞木、昼飯食った？」

その質問には、透は曖昧《あいまい》に肩を竦《すく》めた。

「しょーがないなァ。午後の授業中、腹が鳴っても知らないぞ。ほら」

そう言って、啓吾は手にしていた紙袋からクリームコロネを一つ透に手渡す。

「いいですよ。俺」

食欲ないから、と言った透に、啓吾は「駄目。それぐらい食え」と睨《にら》みつけた。

「悪いな。オヤツのつもりだったから、甘いのしか買ってこなかったんだ」

そういう啓吾は、すでに昼食は済ませているのだろう。

「食欲なくなるほど、なに悩んでるわけ？」

さりげなく問いかけられて、透は黙ってクリームコロネの包みを開けた。

細い部分を指でちぎって、太い部分から覗いているカスタードクリームをつける。細い部分にはクリームが入ってないし、太い部分のクリームは多すぎるからだ。

「はは、俺とおんなじ食い方する。そうだよな、クリームもっと均等に入れてほしいよなー。舞木はタイヤキ、しっぽから食う？　頭から食う？」

「しっぽ。でも、途中で頭も食べる」

素直に答えると、啓吾は「俺も」と笑った。

とくに意味のない会話を交わしながら、透はふっと気分が楽になるのを感じた。悩みについては、啓吾はあれきり聞こうとしなかったし、時間は穏やかに流れていった。

美術準備室に来てよかった、と透は思う。

綾乃と一緒に行ってしまった涼司のことを考えずにすむ。早く帰ってこないかなとか、なにをしているんだろうと気にしなくてもいい。

昼休み終了のチャイムが鳴るのに、透は「行かなきゃ」と腰を上げた。

「それじゃ、また放課後」

ペコリと頭を下げた透に、啓吾はさりげない風を装ってそろそろと口を開く。

「……舞木、コンクールの課題作品できないの、気にしてる？」

しんどかったら俺から先生に言おうか、と透がふさいでいる理由を誤解したらしい啓吾は親切にもそう言った。

「あ、そっか。課題……やんなきゃ…」

「なんだ、それ。忘れてたのか？」

ペロリと舌を出した透を見て、啓吾は呆《あき》れたように笑った。


パタパタと教室に入ると、もうとっくに戻っていたらしい涼司が、まだ透の席のそばにいる。

「……どこ行ってたんだ？」

その声は、なぜか不機嫌そうだ。

彼女とラブラブでランチしてきて、なんで機嫌が悪いんだろうと、透は不思議に思った。

「どこでもいいじゃん」

「誰かと飯食ってきたのか？」

珍しく、しつこく涼司が聞いた。

「誰とだっていいだろー。早く席戻ったら？」

「なんだよ。……遅いから心配してたんだぞ。購買行くっつって、それきり戻ってこなかったんだろ。パン買えずに腹減らして彷徨《さまよ》ってんじゃないのかとか…」

自分はいなくて知らなかったくせに、匡《ただし》から聞いたのか、さもずっと心配していたようなことを彼は口にした。

涼司がなかなか自分の席に戻ろうとしないので、根負けして透は呟く。

「購買行く途中で面倒臭くなって、部室に行ってたんだよ。昼飯は部長にパン貰ってすませたから大丈夫」

「部長って、柏崎《かしわざき》さんだっけ？　透のぶんも買ってきてくれてたのか？　二人で飯食ったのか？」

やけに涼司が干渉してくるのに、透はちょっと面食らった。

他人に干渉されるのを嫌がるのは涼司の常なのに、どうしたというのだろう？

「……腹いっぱいになってないんだろ、ほら」

手にしていた紙袋を、涼司は透に押しつけた。

「なに…？」

開くと、卵のサンドイッチが一つ入っている。

「お前、それ好きじゃん」

そうだけど、と透は目をぱちくりさせた。

卵サンドが好きなのは透だけじゃなく、人気商品だから早めに購買に行かなければすぐに売り切れてしまう。早めに綾乃と出ていった涼司は、わざわざ透のぶんまで買ってくれていたのだろうか？

キョトンと涼司を見返しているうちに本鈴が鳴って、前扉から先生が入ってくる。「起立」と日直の声が続くのに、涼司はチッと舌打ちしていまいましげに教卓を見た。

そして素早く透の耳許に唇を近づけ、

「今日、一緒に帰ろ」

と囁いた。

一緒に帰ろう、ということは、イコール家に寄っていけということなのだ。家に寄れば当然――……。

そこまで考えた途端、ズクンと身体の芯が熱くなったのに透は密かに狼狽《うろた》えて、ぎゅっと紙袋を握った。

この前関係を持ったのは一昨日だ。まだその痕跡《こんせき》すら消えていないのに、インターバルが短すぎると思った。

こんなに頻繁に交渉を持ったのでは、忘れられなくなってしまう。新しい玩具《おもちゃ》に夢中になっているだけの涼司が、いずれ自分に飽きてしまうのは目に見えていた。そうして捨てられてしまったあと、自分はいったいどうすればいいのか。

考えただけで、透は泣きそうになった。

そんな二人のやり取りを、廊下側の後ろの席から、匡はじっと眺めていた。

透と涼司の間に流れる空気が、どことなくおかしい。気づいたのは今日が初めてというのではなかったけれど、確信したのはたぶん今だ。

いちいち干渉する趣味はないし、面倒だ。だけど——今回ばかりは放っておけない気がする、と匡は直感的に思った。

見過ごせない、ヤバイ匂いがする、と。


「ちょっといい?」

先に部活に行ったとばかり思っていた匡が戻ってきて、教室を出ようとした透を呼び止める。

透は足を止めて「どうしたの?」と笑いかけた。

「……気のせいだったらゴメン。でも……もしかしてお前ら、ヤバイことになってんのと違う?」

この場合の〝お前ら〟が、自分と涼司のことを指しているのは聞くまでもないことだ。そして〝ヤバイこと〟というのは――。

見ただけでわかるものなのか、と透の背中を汗が流れる。もしかしてバレバレな態度をどこかで取っていたのだろうか。

「あー……わかった。……ビビんなくていいから。たぶん、俺以外は誰も気づいちゃいないと思うし」

まるで透の心を読んだように、匡は表情を和らげて肩をポンポンと叩《たた》く。

「な…んで…」

自分の肩に置かれた匡の手を見ながら、透は茫然《ぼうぜん》と呟いた。

「んー……確証はなかったんだけど、なんかお前らの雰囲気っつーか、間に流れる空気がヤバイ感じだったから」

困ったように、匡は視線を泳がせた。

トボケることもできずに、透は沈黙することで彼の質問を肯定した。

「なんで？　なんでそーゆーことになったんだ？　涼司は…」

「わかってるよ。でも……しょーがねーじゃん。気がついたら、逃げらんなくなってて」

廊下の隅に透を連れ出して、匡は怖い顔で睨みつけてくる。

「……そんなおっかない顔すんなよ。俺だって……どうしたらいいか…」

「俺、言ったよな？　流されて傷つくのはお前だって」

わかってる、と透は俯《うつむ》いた。

「わかってない。……まったく、あのケダモノめ。友達《ダチ》になんつーことしやがるんだ。そりゃ、愛があるなら俺だって応援してやるぜ？　お前らが相思相愛でそーゆーことになったんなら……でもあいつは…」

「わかってる。涼司は興味本位で……ちょっと試してみたかっただけで…。試してみたら思ってたよりよかったから、なんとなく…」

「透」

自嘲《じちょう》気味になる言葉を、強い口調が阻んだ。

「お前、なんで怒んねーの？　もっと怒って真剣に撥ねつけりゃいいだろ。徹底的に避けて無視するとか、逃げる方法あるだろ？　俺に早く相談してくれれば、手助けしてやったよ？」

なんで言ってくれなかったんだ、と匡が怒る。

「ゴメン。だって……こんなこと恥ずかしくて言えねーじゃん」

「まあ、透はボーッとしてるから、あいつに強引に迫られて引き摺られちゃったんだろうけどさ。もともとお前のほうがヤバかったんだし、強く要求されたら断れないよな。でも、よくねーよ。あいつのこと好きなら好きなぶんだけ、よけいヤバイと思わねーか？　あいつは身体がイイだけで、気持ちが追いついてない」

彼の台詞《せりふ》の途中で、透は弾《はじ》かれたように顔を上げ、ただでさえ大きな瞳を真ん丸に見開いていた。

匡は今、なんと言ったのか？

彼は透が涼司に対して恋愛感情を密かに抱いていたことにも気づいていたのか？　そういえば、もしかしたら、と思うことも何度かあった。匡は知っていながら、ずっと知らないふりをしていたのか？

「あ…」

シマッタと言いたげに、匡が口を噤《つぐ》んだが遅かった。

「……知ってたんだ、匡」

「いや、それは……でも…」

「ごめん、心配かけて。けど、大丈夫だから」

なにが大丈夫なのか、自分でもわからないまま口走って、透はそのまま匡のそばを離れて駆け出した。

匡はきっと自分のことを浅ましいヤツだと思ったに違いない、と透は思った。

友人に邪《よこしま》な想いを抱いて、興味本位で身体を求められたのをいいことに、ホイホイ誘いに乗ったと——そう思われてもしょうがない状況だった。

誇りにしていた大事な友人を二人とも失ってしまいそうな危機感に、足元が崩れていくのを感じる。

駆け出したもののどこに行けばいいのかわからずに、結局透の足は美術準備室に向かっていた。もう部員はみんな集まっているだろうか。こんな状態で部活に出ても、なにもできそうにないのに——。

ふと顔を上げると、準備室の扉の前に啓吾が立っているのが見えた。

彼は扉に鍵をかけているようで、バタバタと足音も荒く近づいてきた透に気づいてこちらを振り向いた。

「舞木。今日、部活休み」

ニコリと啓吾は爽やかな笑みを見せる。

「顧問が風邪《かぜ》引いたって、帰っちゃったんだよ。部員も三人ぐらいしかいなかったから、いっそ休みにしちゃえって……舞木?」

尋常じゃない透のようすに気づいて、啓吾は訝《いぶか》しげな表情を浮かべる。

「なにかあった?　真っ青だぞ」

「……いえ、い……んです。帰ります」

「待って」

今かけたばかりの鍵をもう一度開けて、啓吾は透の腕を摑むと、室内に連れ込んだ。手近な椅子に座らせて、「どうしたんだ?」ともう一度聞く。

「俺…っ」

「落ち着いて。大丈夫だから。……俺でよかったら相談に乗るよ」

それとも俺じゃ頼りにならない?　と言われるのに、そんなことはないと透はかぶりを振った。

「誰かにいじめられた?　喧嘩した?」

「そうじゃなくて……でも……俺――……言ったら軽蔑《けいべつ》される」

「しないよ」

即答されて、透はヤケクソで言い返した。もうどうにでもなれという気分だった。自分を見捨てる人間が二人から三人になっても、たいして変わりはない。

「……するよ。だって、俺、友達とセックスしたんだ。女の子じゃない。……ど、同性の…」

「強姦《レイプ》された…?」

大丈夫、落ち着いて、と啓吾はもう一度くりかえして、透の手をそっと包み込む。

「違う。強姦じゃなくて…」

「それならよかった。問題ないじゃない？　好きになる相手が異性でなきゃいけないってことはないと思うよ」

全然驚かず、穏やかな調子を崩さない啓吾に拍子抜けする一方で、透は縋りつきそうになった。

彼にはなんでも話せそうな、そんな甘えた気持ちが芽生えている。

「……違う。俺は好きだけど……すげー好きだけど…っ、向こうはそうじゃなくて……興味本位っていうか、好奇心っていうか…」

「舞木のほうから〝好きだ〟って言って迫ったんだ？」

その問いにも、透はかぶりを振った。

「迫ってきたのは……向こう。俺の気持ちは知らずに、いっぺん試してみたいって…」

「試して？　それは……相手も舞木のこと好きなんじゃないの？」

絶対違う、と透は激しく首を横に振る。

「……じゃあ、つらかったね」

ふいにしんみりと、啓吾が呟いた。言われた途端、透の瞳に涙が盛り上がる。

そうだ――つらかったのだ。好きな相手との、心の伴わないセックスが、どれほど痛いか。

身体ではなく、心が悲鳴を上げ続けていた。

「それでも、その相手のことが好き？」

泣きながら、透は頷《うなず》く。

「いっそ告白してみたら？　好きだったんだよって。そしたら案外うまく…」

「駄目。死んでも言えない」

困ったな、と眉を寄せて、啓吾は透の髪を撫《な》でた。

「でも、このまま続けてくともっともっとつらくなるよ？」

「うん……だから、もうやめたいのに……駄目で……誘われたら断れなくて……それが友達にもバレて…」

匡に言われたことを、かいつまんで啓吾に説明した。

「……ふうん。……舞木の好きな相手は、けっこう困ったちゃんかもな。かなり強引クンみたいだし、意味は違うかもしれないけど、今は舞木に夢中なんだろうね」

自分に夢中なのではなく、目新しい快楽に夢中なだけだ、と透は胸の中で訂正する。

「舞木は、やめたい？　彼とそういうことすんの」

迷わずに、透は頷く。

「好きな人とすることでも？」

「だって……身体だけくっついても、よけい苦しいだけで…」

「そうだね」

啓吾は少し考える素振りを見せて、「ねえ」と透を覗き込んだ。

「俺とつきあおうか」

「え…?」

一瞬なにを言われたのかピンとこなくて、透はポカンと彼を見返す。

「もちろんカムフラージュで、だけど。彼に抵抗するためには、舞木が貞操《みさお》立てる存在が必要なんじゃないかな。それも、女の子だと彼と立場が同じになるだけのことだから、たぶん意味ないだろ?」

俺の言ってることわかる? と子供に言い含めるように啓吾が言うのに、透は曖昧に首を傾《かし》げた。

「彼はつきあってる女の子がいて、そのうえで舞木ともそーゆーことしてて平気なわけだろ。もし舞木が女の子とつきあい始めて、〝彼女ができたからもうしない〟って言っても、〝俺だって彼女いるぜ。一緒じゃん〟って押し切られる可能性が大だと思うんだ」

丁寧に説明されて、なるほどと透は納得する。確かに、啓吾の言うとおりかもしれない。

「だけど、もし舞木が〝つきあってる彼氏がいるから、彼以外の男とはしたくない〟って言えばまさか彼だって無理強いできないだろ？　……まあ、男とつきあうようになったのかって驚かれちゃうかもしれないけど。そのへんは、彼も舞木と平気でセックスしてるわけだし、偏見はないと思うんだ」

——それはどうだろう、と透は素直に同意することができなかった。

ああいうことをしていても、涼司が同性愛に好意的かどうかはわからない。だからこそ自分はずっと彼への想いを直隠《ひたかく》してきたのだから。

「じゃあ、とりあえず今日は帰ろうか。……今日も約束してる？」

「……はい」

「それはスッポかしちゃえ。そのことで文句を言ってくるかもしれないから、その時に俺とつきあうことにしたって言うんだよ？」

優しげに微笑《ほほえ》んで啓吾が言うのに、透は思わず頷いてしまった。

彼を巻き込んで迷惑をかけていいのだろうかと、申しわけないような気持ちはあとからやってきた。そして、どうしてこんなことまで啓吾に相談してしまったのだろうという疑問も。

けれど、おそるおそる見上げた啓吾の横顔はなんだか楽しげで、透は「やっぱりやめましょう」とは言えなかった。

啓吾が言ったとおり、スッポかして先に帰ったことで、その日のうちに涼司から電話がかかってきた。

どうして先に帰ってしまったのかという問いかけに、部活が休みになったからと言っても、彼は聞く耳を持たない。

仕方なく、透は啓吾と打ちあわせたままのことを口にした。

「……俺、もう涼司とは寝ない」

電話の向こうは一瞬沈黙し、ややあってから物騒な声が『なんでだよ』と聞き返してきた。

「好きな……人がいるんだ」

困ったことにそう言った途端、透の頭の中には涼司の顔が浮かんでしまう。けれど、それを聞くなり涼司は笑い出した。

『なんだ、そんなことか。それならいいじゃん。俺だって彼女いるんだし、おあいこだろ』

なにがおあいこなのかよくわからないが、やはり啓吾の読みは当たっていた。

「おあいこじゃないよ」

『え？』

「……涼司とは状況が違う。俺の好きな人、男だもん。俺、柏崎部長とつきあうことになったんだ。だから、部長以外の男とはしたくない。お前とはもうしない」

電話でよかった、と透は思った。

顔を見られたら、きっと嘘《うそ》がバレてしまうだろう。声の震えも回線を通せば、わからない程度のものだ。涙が出そうでも、我慢すれば相手には伝わらない。

――ゲーッ、お前、ホモだったのかよ。信じらんねー。男とつきあってんの?

そんなふうに言われるのを一応覚悟していたのだが、思ったような反応は返ってこなかった。

『……そうなんだ』

拍子抜けしたような声が、透の耳を打った。

『それじゃ、ヤバイよな』

納得してくれたのか、と透はホウッと詰めていた息を吐く。

『いつから…? いつから、つきあってんだ?』

予想外の質問に、透はウッと言葉に詰まった。透が考えていたのは〝お前マジで男が好きだったの⁉〟と嫌そうに言われる場合と、〝つきあってる男がいるなら仕方がない〟とあっさり引き下がられる場合だけだ。まさか、さらに突っ込んだ質問をされるとは考えていなかった。

「え…っと、つきあい…始めたのは、せ、先週」

昨日、と言うわけにもいかず、少しだけサバを読んだ。

『フーン。……好きだったのは前から？』

それだけでは納得し切れないのか、涼司はなおも聞いてくる。その問いかけにふと胸を突かれて、透は目を閉じて呟いた。

「前からだよ。……ずっと、ずっと、ずっと好きだった」

思いがけず、切羽詰まった口調になった。想いが籠りすぎてしまった。

これは、演技じゃない。

啓吾に対しての気持ちではなく、涼司に向かっての言葉にすり替わってしまった。おそらく本人には一生言えないだろうからと、啓吾のことに託《かこ》つけて想いが勝手に口を突いて出てしまったのだ。

あっさりと聞き流してくれればいいものを、涼司もまた少し沈黙している。

あまりにも感情が籠りすぎてしまったのが、電話の向こうにも伝わってしまったのだろうか。

内心シマッタ、と思いつつ、透はおそるおそる呼びかけてみた。

「……涼司…？」

『あ……うん、そんなに好きだったんだ…って、ちょっとびっくりしただけ。どこが…』

なんだか少し涼司の声が動揺しているような気がした。

自分の気持ちが伝わったわけじゃないということは、わかった。ホッとする一方で、涼司がらしくなく戸惑っていることに、またべつの不安が込み上げる。

もちろん、友達に突然カミングアウトされて、すぐに笑って祝福できる人は少ないだろう。たとえそれが、遊びでセックスしていた相手でも。

あたりまえだよな、と透は自嘲した。

『柏崎さんのどこがよかったんだ？　どこが……そんなに好き？』

気を取り直すように、涼司が聞いてきた。

そう言われても、どう言えば納得してもらえるだろう、と透は考える。

頭に啓吾の顔を思い浮かべて、彼の長所を考えてみる。

「…優しいとこ、かな。……いつも穏やかで、いろんな相談乗ってくれて。頼りになるし、俺がボーッとしてたらテキパキ世話焼いてくれて…」

話しているうちに、誰のことを言っているのかわからなくなってきた。ボーッとしている透の世話を焼いてくれていたのは啓吾ではなく、涼司だ。頼りにしているのもそう。

「嫌がらずに俺のこと待っててくれる…」

それも、涼司のことだ。

言えば言うほど、頭に浮かんでいた啓吾の顔がぼやけて消えて、涼司の顔にすり替わってくる。どんなに好きか——嫌でも思い知らされる。

『そうなんだ？　なんか印象違うもんだな。俺、柏崎さんって顔は格好イイけど、気障《きざ》でエキセントリックな感じだと思ってた。ちょっとなに考えてんのかわかんなくってさ』

遮るような涼司の声に、助けられたような気がした。

確かに今涼司に指摘されたほうが、啓吾に近いと思う。だが、その言葉になにやら敵意を感じるのは透の思い過ごしだろうか？

「そんなことないよ、部長は…」

『わかってるって。ノロケんなよ。で？　好きだって告白したら、向こうもそうだったって？

……よかったじゃん』

「……うん」

『だったらさー、俺と変な経験積ませちゃって悪かったかな。ああいうタイプって、潔癖なとこあるんじゃねーの？　俺と寝てたってバレたらヤバくねェ？』

早口で捲《まく》し立てていた彼が、ふいに意味深に語尾を凄《すご》ませるのに、透はギョッとして黙り込む。

『……心配しなくても、バラさねーけどさ。やってわかっちゃうほど、お前まだ慣れてねーもんな。なあ……もう、あいつとやった？』

ストレートな質問に、やっぱり透はなにも言えなかった。

気まずい沈黙を破ったのは、プップッというキャッチホンの音だ。

『あ、悪い。電話かかってきたみてェ』

じゃあまた学校で、と呆気ないほど簡単に涼司が話を切り上げる。

ホッとしながらもどこか釈然としない思いで、透はもう切れてしまった電話の子機を凝視《みつ》めた。

本当にこれでよかったのか？　涼司と過ごしたあの甘やかな拷問にも似た時間は、もう二度と訪れなくなるだろうか？

喜ばしいはずなのに、せつなくて泣きそうになるのはなぜだろう。

想っても想っても、伝わらない相手——唯一深く交われた行為を、拒んだのは自分だ。受け入れられなかったのは、自分が欲深いからなのだろうか。

身体だけでもいいと思えればよかったのか。

思えるわけがない、と心の中でくりかえす。だから終わるしかなかった。終わらせるしかなかった。

これでよかったんだ、と透は何度も自分に言い聞かせた。

涼司宛《あ》てにかかってきたキャッチホンは、匡からだった。

『近くまで来てるから、これから行く』

有無を言わせぬ調子で告げて、それから五分もしないうちに、来客を報《しら》せるインターホンの音が鳴る。エントランスのドアロックを解除して、匡が来るなんて珍しいと思いながら、涼司は玄関に向かった。

出迎えた匡は、いつもの剽軽《ひょうきん》な顔つきではなく、やけにおっかない表情を浮かべている。

不審に思いながら部屋に通すと、開口一番こう言った。

「お前、いい加減にしろよ。自分がなにしてんのかわかってんのか？」

「……なんのことだ？」

涼司が見返すと、匡の目が怒気を帯びる。

「しらばっくれんなよ。透の気持ち、考えたことがあるか？　つまんねー興味本位で、あいつを玩具にしやがって」

なんだ知ってたのか、と涼司は肩の力を抜いた。

目の前で怒り捲って怒鳴っている友人よりも、さっきの透との電話での会話のほうが堪《こた》えている。どうしてこれほど自分がショックを受けているのか、その理由がわからない。匡が言うように、気に入っていた玩具を取り上げられたからなのか？

「おい、黙ってねーでなんとか言えよ！」

「……心配しなくても、透とはもう寝ないよ」

「え？」

拍子抜けしたように、匡は間の抜けた声を出す。

「今、電話あったとこ。……終わりにしようって」

「透が？　自分でそう言ったのか？」

信じられない、と匡は思う。そんな決断力のあるヤツじゃなかったはずだ。ましてや、透は涼司になみなみならぬ想いを抱いているのだ。流されるな、というほうが無理な話だ。

「そう。……美術部の部長とつきあうんだとさ。だからもう、俺とはしたくねーって」

「ええっ!?　透が？　ホントにそう言ったのか？　部長って柏崎だろ？　あいつとつきあう？　なんでっ」

寝耳に水で、匡は狼狽える。

「なんでって、知るかよ。……ずっと好きだったんだとさ。俺とやってる間も、あいつのこと考えてたんかなァ…」

そんなバカな、と匡は思った。

透が好きなのは、涼司のはずだ。啓吾を好きだったはずがない。先輩として尊敬はしているかもしれないが、それは恋愛感情ではない。

匡はすぐに、透が涼司から逃げる口実に嘘をついたのだろうと思った。だけど、涼司もバカじゃないし、簡単に騙《だま》せる相手じゃない。ましてや、どこか抜けている透に上手《うま》い嘘がつけるとも思えない。だとすれば、啓吾とつきあうというのは嘘ではないのか？

「……柏崎さんから、つきあってくれって言われたのかな…」

呆然《ぼうぜん》と、匡は呟く。

啓吾からの告白に、透はほかに術《すべ》もなく逃げるために縋ったのではないかと。

「自分から告《コク》ったんだってよ。そしたら、あいつも透のことが好きだったらしくてハッピーエンド。男同士でも恋愛ってできんのかな」

どこかいまいましげに、涼司が言う。

まさか、と思いながら、匡は涼司を見た。

「……できるだろ。エッチだってできるんだし」

挑発めいた言葉に、涼司は乗ってこなかった。ただ悔しそうに唇を噛んだだけで。

□■□

翌日の土曜日は雨だった。

土曜日は隔週休みなのだが、今日は午前中授業があるので、天気と共に気分まで憂鬱《ゆううつ》になりながら透は登校した。

バスを降り、たたんであった傘を差そうとした透の頭上にふと大きな黒い傘が差しかけられる。頬《ほお》に感じていた雨の感触がなくなるのに、透は顔を上げた。

「あ…」

おはよう、と啓吾が微笑んだ。

「おはようございます。部長もバスでしたっけ？」

「いつもは自転車だけど、雨が強いから今日はバス」

さりげなく啓吾は言ったが、彼の足元はかなり濡れてズボンの裾《すそ》の色が変わっている。この雨の中、ずいぶん前から、わざわざ透を待っていてくれていたらしいことがわかった。

昨日あんな話をしたから心配してくれていたのか、それとも〝カムフラージュでつきあおう〟などと言ったことを後悔してやめたいと言うために待っていたのか——どちらだろうと透は考える。

「行こ」

透が自分の傘を開くのを待って、啓吾は歩き出した。一緒に肩を並べて学校までの僅かな距離を歩く。

昇降口は学年ごとに分かれていて、三年専用口は校門から一番近い。啓吾は透が考えていたようなことも言わず、心配しているような素振りも見せず、「それじゃね」と軽く手を上げて離れようとした。

どうも、と少し気抜けしながら透は頭を下げる。

と、昇降口に入ろうとした啓吾がふいに、傘も差さずに戻ってきた。慌てて透は彼に傘を差しかけようとしたが、なんとなく傘は中途半端な位置で止まり、結局二人とも濡《ぬ》れるハメになる。

頭を下げた際に気づいたのか、彼は透のブレザーの襟に手を伸ばすと「折れてる」と直してくれた。そして透の髪を指先でくしゃりとかき混ぜて乱し、ニコリと笑いかけてから再び踵《きびす》を返す。

透もまた傘をもとの位置に戻し、二年の昇降口に向かって歩き始めた。透と別れた啓吾がさりげなく校舎を見上げ、一つの窓に向かって微かに笑みを浮かべたのを、もちろん透は知らない。

啓吾と透のようすを、涼司は教室の窓から見下ろしていた。

昨夜はなんだかよく眠れなくて、いつもより早めに目が覚めたこともあり、早々に登校して時間を持て余していたのだ。

窓から、仲良く一緒にやってくる二人の姿が見えて、彼らがつきあい始めたというのは本当だったのかと信じがたい思いを噛みしめる。透から電話で聞かされた内容は、考えれば考えるほど鵜呑《うの》みにできなくて、けれど匡の言葉もけっこう堪えていた。これ以上、透につきまとうことはできないとわかっているし、透とは今までどおりの友人に戻るしかないことも頭では理解できる。それなのに、スッキリしない。

別れ際の二人が親密そうなようすを見せた途端、涼司の胸の中をなんとも形容しがたい嫌な気持ちが過《よぎ》った。それに――昇降口に入る寸前、ふいに顔を上げた啓吾が意味ありげな笑みを浮かべたような気がしたのは気のせいか？　一瞬視線があったように思えたのも？

「……そんなはずねーか」

考えすぎだと、涼司は緩くかぶりを振った。

もうすぐ教室に透が姿を見せるだろう。普段どおりに声をかけよう、と涼司は思った。

このまま透と気まずくなりたくない。


涼司も匡も、とりあえず表向きには変わったところはなく、普通に喋《しゃべ》りかけてくる。ギクシャクオドオドしながらも、透も開き直ってなんでもないフリをしていた。

ようやく半日が終わり帰り支度をしていたら、女子の声が教室に響いた。

「舞木くーん、お客さーん」

振り向くと、戸口に啓吾が立っている。

同じように涼司や匡が振り向くのがわかって、透は慌てて戸口へと走った。

「ど、どうしたんですか?」

「いや、アピールしといたほうがいいかな、と思って」

啓吾はニコリと口許《くちもと》にだけ笑みを浮かべて、教室内を挑戦的な目つきで眺めた。その意図するところを察して、透は首まで赤くなった気がした。

無理やり巻き込んだ人にそんな気まで遣わせて、穴があったら入りたいくらいだ。

「このあと、時間ない?」

それなのに、啓吾はなおも気遣う素振りを見せる。

「ありますけど、でも…」

「じゃあ、プラネタリウムでも行こうよ。雨だし、気分的にへこんじゃわない？　人工でも星見ると気分が晴れるよ。どうせ課題やる気にもなれないでしょ」

好意に甘えて、透は素直にその提案を受け入れた。

なんといっても教室内では、涼司がずっとこちらを見ているのだ。ここで素っ気なく啓吾を追い返してしまったのでは、昨日の会話を疑われてしまう。

行きます、と答えた透に啓吾は嬉《うれ》しそうに頷いた。荷物を取りに、透はいったん自分の席に戻った。

すぐそばにいた涼司が、「デート？」と無表情に問いかけてくる。目を伏せて、うん、と頷き、逃げるように教室をあとにした。

駄目押しだ、と透は思う。

これで本当に涼司との行為は終わるのだ。


土曜日のプラネタリウムはそこそこに混んでいて、啓吾と透は西の空側の一番後ろの席に座った。

座り心地のいい席に寝転ぶように座って、すぐに始まったプログラムを眺める。

穏やかな声のアナウンスに従って、次々と空に星が浮かび上がった。

へこまないように、と誘ってくれた啓吾には悪いが、気分が浮上するはずもない。星空に浮かぶのは、やはり涼司の顔だ。忘れなければいけないとわかっていても、あれほどつらかった行為が、今では甘い思い出になって透を苦しめる。

この先、なんの拘りもなく涼司たちと友達づきあいを続けていく自信がない。きっと彼らにしてもそうだろう。結局自分は、最高の友人も大好きだった人も失うのだ、と考えたら涙が出そうになった。

そっと鼻を啜《すす》ったら、ふと横から伸びた手に目元を覆われた。

「部長…？　見えな…」

唇に自分のものではない息がかかる。続いて柔らかい温もりが触れるのに、透は硬直した。

唇は一瞬触れただけですぐに離れていったけれど、透は固まったまま微動だにできなかった。

つきあうのは、自分のための芝居ではなかったのか？　では、どうして啓吾はキスなんかしたんだろう？　涼司のように興味本位？　――違う、啓吾はそんな姑息《こそく》な人間じゃない。

パニックを起こしかけながらぐるぐるとそんなことを考えているうちに、プログラムはあっさり終わってしまった。

『さあ、東の空が明るくなってきました。新しい朝が始まります――』

そんなアナウンスに、場内がザワザワと騒がしくなる。

それでも透は動けなかった。

怖くて、隣にいる啓吾の顔が見れない。

「……ごめん」

ボソリと、啓吾が言った。

「焦るつもりはなかったんだけど、舞木が声殺して泣いてるんだと思ったらたまんなくなった。俺のしてることなんか、なんの慰めにもなんないかなって…」

「…部長……」

のろのろと、透は身を起こす。

「部長は…」

どう聞けばいいのか、うまい言葉が見つからない。

啓吾は自分のことを好きなのだろうか、と透は考える。だとしたら、自分はなんてひどい相談を持ちかけてしまったのだろうと。

彼の気持ちを考えもせずに、その好意に甘えてしまった。

「やっぱ、下心つきじゃ駄目だよな」

自嘲気味に呟いて、啓吾は唇を微かに歪める。

「俺……これ以上、部長に甘えちゃ駄目だよね」

彼の口調を真似て、透も呟く。

「利用してくれるんでかまわないんだ。今みたいな不埒《ふらち》な真似はもう二度と…」

「駄目だよ、そんなの」

透は緩くかぶりを振った。

「だって……俺、わかっちゃったら甘えらんないよ。好きな相手に想われないままそばにいることがどんなにつらいかって、俺、知ってるもん。部長にまで、そんな気持ちにさせるわけにいかねーじゃん」

啓吾は黙ったまま、透を見返す。

プラネタリウムの係員が、いつまでも出ていかない二人をチラチラ気にしているのがわかって、透は慌てて腰を浮かした。

「ごめんね、部長。俺ってば、ドン臭くって全然わかってなくて…」

「舞木」

つられるように、啓吾も立ち上がる。

「ごめんなさい」

深々と頭を下げて、透は素早く踵を返した。そのまま雨の中、傘も差さずに外に飛び出す。

啓吾にキスされた途端、わかってしまった。

愛してくれるキス、愛してくれないキス。愛してるキス、愛してないキス。

二つのキスを比べて、わかってしまった。

たとえ涼司の心が自分のものにはならなくても、透は涼司が好きなのだ。この気持ちだけは殺せない。

透は、駅前からバスに乗った。

涼司のマンション近くのバス停で咄嗟《とっさ》に降りたくなる気持ちを抑え、恨めしい思いで曇った窓ガラスを手で拭《ふ》いた。

そこからバス停二つほど走ったあたりで、なんとなく眺め続けていた歩道に、ズブ濡れで歩いている男の姿が見えた。

透は思わず立ち上がり、慌てて次の停留所でバスを降りる。そうして、さっき男を見かけたあたりまで駆け戻った。

水たまりをバシャバシャと蹴散らす音に、前を歩く男が立ち止まり、振り返る。

涼司だった。

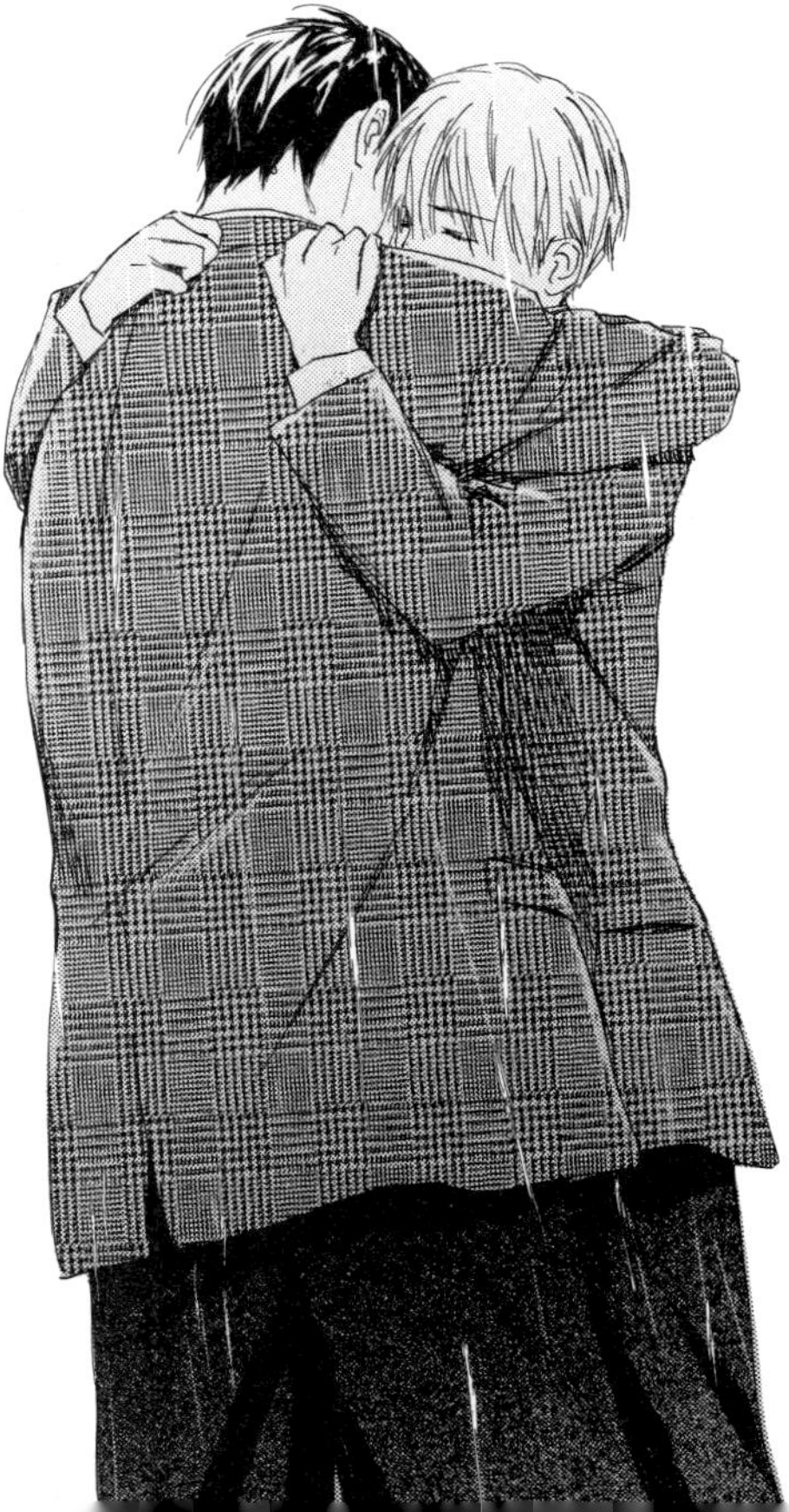

どうして雨に濡れて歩いているのか、それも学校の方角ではなく、透の自宅の方向から歩いてきたのはなぜなのか——透が柏崎と出かけていったことを知っていたのに、家を訪ねたのか？　それともただの偶然なのか——聞きたかったが聞けなかった。

気がついた時には透は涼司の腕の中にいて、問いかける言葉を失ってしまっていた。

しばらく抱きあったまま雨に打たれ、ものも言わずに、手を繋いで涼司のマンションまでの道をバス停二つ分歩いた。

マンションのエントランスに着いても、エレベーターに乗っても、二人は無言のままだった。

玄関を開け、熱いシャワーを浴びながらまた抱きあった。

透は自ら進んで涼司のものに触れ、身体を開いた。衝動的に、がむしゃらに涼司を求める。

透が求めるまま、涼司も激しく欲望を注いでくれる。貪られ、深く繋がって、透の身体に恍《こう》惚《こつ》とした痺《しび》れが走る。

言葉も交わさずに、ただお互いを感じ捲ったケダモノ染みた時間はあっという間に過ぎていった。

残ったものは気怠《けだる》い疲れと、燻《くすぶ》ったままの火種を抱えた身体、それから気まずい後悔。

起き上がった涼司の背中を、透はじっと凝視《みつ》める。

「……お前さ、いいの？　だって……柏崎さんと…」

こちらを見ないまま、涼司が呟く。

「よくないよね」

吐息混じりに、透は答えた。

涼司がなにか言いかけて、言葉を飲むのがわかったけれど、透はあえて先を促そうとは思わなかった。

一度終わったはずの関係を、どうして再び結んでしまったのか——その理由を涼司は問いたかったのかもしれない。だが、聞かれても透にも説明ができないような気がする。

理由も理屈もない。気がついたら、涼司の腕の中にいて、本能に突き動かされるように求めていたのだ。

もちろん、こんなことが続くとは思えない。本当に終わったのかもしれない、と今さらのように考える。そう思っているのは、透だけではないのかもしれなかった。

それきり、また会話が途切れる。

透は薄暗い部屋の中でぽっかりと浮かびあがる涼司の背中を、穴があきそうなほど凝視め続けていた。

こうして、何度彼の背中を見ていただろう。初めての時から、何度も。告げられない想いを抱え込んで、必死にしがみついたこともあったけれど、結局凝視める以外どうしようもない。

今はもう、手を伸ばしても届かない。

□■□

白いキャンバスに、青い絵の具を重ねる。

透は一心不乱に、課題作品に集中していた。

青に紛《まぎ》れる背中——これは、涼司の背中だ。彼が泳ぐ水の青、彼のベッドのシーツの青、揺れていたカーテンの青、それから……。

「舞木の欲望の色だね」

いつのまにか背後に立っていた啓吾が、思ってもみなかったことを口にした。

「……え？」

「やっと課題に取り組む気になってくれてよかった」

そう言って、彼はなにもなかったように柔らかい笑みを浮かべてくれる。

「部長、俺…」

「いいんじゃないの？　舞木の心をそのまんま映してるみたいで」

「俺の心？」

そんなつもりはなかったと、透はかぶりを振った。

「そう？」

がっかりするでもなく、啓吾は眩《まぶ》しそうに目を細めて透のキャンバスに見入った。

「まるで炎だ。火は、赤い部分よりも青い部分のほうが熱いって習っただろ？　舞木もそうだよ。自分で思ってるより、ずっと熱い」

啓吾は、この背中が誰のものなのかわかっているらしい。

「……まだ彼のこと、好きなんだろう？」

小さな声で問いかけられて、透はゆっくりと彼を見上げる。

「それなら、ちゃんと言わなくちゃ。このままうやむやにして友達でいられる？　五年先も、十年先も」

心臓をギュッと摑まれた気がして、透はなにか言い返そうとしたが上手い言葉が見つからず、唇は微かに震えるだけだった。

「この絵は、舞木の心だよ。見れば、彼もわかるんじゃない？」

それだけ言って、啓吾は透の肩をポンと叩いて離れていく。指先の温もりが、じんわりと透の心を暖かくした。

――涼司との関係は、あの雨の日を最後に終わった。

啓吾が言うように、それ以来うやむやに友達関係が続いている。冗談を言い、笑いあい、だけどどこかに透き間風が吹いているような上滑りな状態だ。

涼司はあれきり透を誘わなくなったし、匡もなにも言わない。透はこの課題作品に託《かこ》つけて、昼休みも放課後も美術準備室に入り浸っている。

啓吾は相変わらず優しかったが、先輩後輩としてのボーダーラインを越えようとはしなかった。

透は目の前の青い背中を、じっと凝視める。

「……俺の炎…」

身体のあちこちに、涼司が火をつけた。彼の指先が、眠っていた炎を呼び起こしたのだと透は思う。

「ヤバイな、俺…」

苦笑混じりに独《ひと》り言《ご》ちて、透は新しい青を絵に描き加えた。

冷たかったはずの時間が、急激に温度を上げていく。

あきらめられるものじゃない。

炎はまだ、透の胸の中に燃え盛っているのだ。

その絵に、透は〝欲望〟と名前をつけた。

□■□

十二月に入って、なにかと周囲は慌ただしくなった。

期末試験が終わった日、透は涼司を区民ホールに誘った。

区民ホールでは先達てイベントが開かれ、年末まで絵画コンクールの入選作がフロアに飾られているのだ。

透の絵は、佳作入選していた。二学期の終了式で表彰されると美術部の顧問に知らされて、気恥ずかしいようなくすぐったい気持ちだった。

今までの透は、自分の描いた絵を友達に見せるのはあまり好きじゃなかった。しかも入選した絵をわざわざ見にきてほしいなんて、自分からはとても言えなかった。

けれど、今度の絵だけは涼司に見てもらいたかった。あれきり彼とはそつのない友人関係が復活しているのだから、今さら告白してまた問題を蒸し返す必要はないとも思う。

だが、このまま黙っているのも卑怯《ひきょう》な気がした。

涼司は自分が加害者だと思い込んで、透に対して必要以上に気を遣うようになっている。時折「柏崎さんとうまくいってる?」などと聞くのも、揶揄《からか》いではなく本気で心配しているのだということがわかる。

啓吾とはなんでもないのだと、本当のことをまだ涼司には告げていないのだ。

あの絵を見てもらって、なにもかもあらいざらい話そう、と透は決意していた。それで涼司が離れてしまうのは覚悟のうえだ。被害者面して、甘やかされてばかりいる現状はとてもじゃないが歓迎できない。

試験が終わった解放感からかいそいそと部活に行こうとしていた涼司は、「一緒に区民ホール行ってもらえない？」という透の言葉に、ちょっと驚いたようだった。

「もちろん、部活終わってからでいいんだ。俺、待ってるから」

その言葉に、涼司は首を横に振る。

「いいよ、すぐ行こ。どうせ冬の間の水泳部なんて、ミーティングと体力作りばっかりだし」

一日ぐらいサボったってどうってことない、と屈託なく笑われて、また透の胸の中にチリチリと痛みが走る。

こうしてなにかにつけ涼司が透を優先してくれるものだから、困ってしまうのだ。そういえば、最近は綾乃も透がいるところには姿を見せなくなってしまっている。

でも、今日だけ、とその言葉に甘えて、透は涼司と連れ立って区民ホールへの道を歩いた。

平日のホールには観客は少なく、フロアはがらんとしていた。

一度美術部の部員たちと訪れていた透は、まっすぐに自分の絵の前に向かう。涼司はキョトキョトと周囲を見回しながらついてきた。

「珍しいな、透が自分の絵見せてくれるなんてさ。文化祭の時とかも、見るなって嫌がってたのに」

素直な感想を、涼司が洩《も》らす。

「……ホントは見られるの好きじゃないんだけど、今回だけは涼司に見てほしかったから」

「ふうん？」

なにかあるな、と訝《いぶか》しく感じているようだが、涼司はそれ以上は聞こうとしない。

青い濃淡で彩られた一枚の絵の前で、透は足を止めた。

「これ？」

へえ、スゲーじゃん、と涼司は小さく口笛を吹く。

おそらく、この浮かび上がっている背中が自分だとは思わないのだろう。

「……これ、お前」

涼司の横顔をちらりと盗み見してから、透は呟いた。

「へえ……え？　えっ、俺？」

目をぱちくりさせて、涼司が絵と透を見比べる。それから、絵の下に貼《は》られた〝欲望〟というタイトルの紙を。

「お前のイメージってゆーか……俺が涼司に対して感じてる、想い…みたいなもの」

抑揚なく早口に告げると、見ていて気の毒なぐらい涼司は狼狽えた。

「だ…って、これ〝欲望〟って…」

どういう意味？　と涼司の目が透を見下ろす。

「欲望だよ、俺の。俺——涼司のこと、好きだったからさ。ずっと……ずうっと、好きだったから。友情なんかとっくの昔に越えてて」

ポカンと涼司が口を開ける。

なにを言われたのか、よくわかっていないような顔だ。

そのあまりにも間の抜けた表情に、透は思わず噴き出してしまった。人が必死で告白してるっていうのに、なんてフザケた顔をするんだろう、彼は。

「……ちょっと待てよ、だってお前、柏崎さんと…」

「あれは嘘」

けろりと、透は口にした。

「涼司とああいうことすんの嫌だったから、つきあってるフリしてもらっただけ」

ふと、涼司は顔を歪める。

そんなに嫌だったのかと、自分のしたことを悔やむような表情だ。

「俺は……涼司のこと好きだったから、好きな相手が自分をなんとも思ってないってわかってて、ダッチ代わりに使われんのがつらかった。死んじゃいそうなほど悲しくて…」

聞いた途端、涼司は思わず声を荒らげていた。

「なんで……言わなかったんだよ！　あの時にっ」

「言ったって、わかってもらえないと思った。言ったら、きっと気持ち悪いって思われて、友達でもいられなくなる。俺、涼司に嫌われんの怖かったんだ」

冷静に切り返すと、悔しげに涼司が唇を噛む。

透の言葉はあながち外れではなかったようだ。あの時の彼は、きっと透が想いを告げても受け入れてはくれなかっただろう。

「でも、もう嘘はつけないからさ。ちゃんと言って、玉砕しなきゃ、吹っ切れないってわかったんだ。このままずっと同じ場所に蹲《うずくま》ってるわけにはいかないし…」

ちゃんと失恋しなければ新しい恋もできない、と透は軽い口調でつけ加えた。

もちろん今はまだ、新しい恋ができるなんて考えられないけれど。

「だから、気にしなくていいよ、涼司も。俺にひどいことしたって思わないでよ。俺は……あの時はホントにつらかったけど、今は得しちゃったかなってちょっとずつ思えるようになってきたから。たとえ興味本位でも、好きな相手にしてもらって…」

「興味本位なんかじゃねーよ」

透の言葉を遮って、涼司は低い声で呟く。

「え?」

「興味本位じゃねーって」

絵を見据えながら涼司は言い、ゆっくりと透に視線を戻した。

「そりゃ……最初はそうだった。否定しねーよ。お前のイク顔とか想像して、生で見たくてたまんなくなって……強引にモノにして。生で見たら想像してたよりずっとよくて、離したくなくなった。だんだん……可愛《かわい》くて大事でたまんなくなったよ」

「…涼司……?」

「お前のことばっかり考えてた。今も、考えてる。友達としてそばにいられればそれでもいいかって、ずっと我慢してたけど……でもお前が隙《すき》見せたら、絶対に柏崎から奪い返してやろうって、いろいろ計画練って、そればっか考えて…」

信じられない告白返しに、今度は透が狼狽える番だった。

「…なに、言ってんの？　だって……涼司は彼女…」

「綾乃となんかとっくに別れたよ。あの最後の雨の日には、もう終わってた」

嘘、と透は唇を震わせる。

〝最後の雨の日〟というのがいつのことかなんて、聞くまでもない。

最近綾乃の姿を見なくなったのは、もう終わっていたから？　終わった理由は、自分？　涼司は、なにを言っているのか――。

透を好きだということなのか。興味本位ではなく、手頃な玩具が欲しいのでもなく。

「俺、透でないと欲情しねーんだ」

熱っぽい囁《ささや》きに、透は俯いて瞬きする。長い睫《まつげ》の先で、水滴が微かに散った。

「……それ、ヤバイよ」

照れ隠しに呟くと、涼司は「ヤベーよな」と頷いてニッと笑った。

「ヤバイのは俺だけだと思ってたのに」

震える声で続けた透の肩を、涼司は黙って抱き寄せた。

ヤバくて大変!

今でも時々、夢かもしれない、と舞木透《まいきとおる》は思う。

ひょんなことから始まった、中条 涼司《なかじょうりょうじ》との関係――涼司にとってはただの好奇心だったはずのそれは、いつのまにか恋に育った。

それも信じられないけれど、こうして今も彼と身体を重ね、熱い吐息を感じ、体内の奥底で脈打つ塊に震え――それらすべてが、夢かもしれないと思ってしまうのだ。

好きで好きでたまらなかった人と、何度も何度も情を交わして、口接《くちづ》けあい、触れて触れられて内側からどろどろに溶かされて。

幸せで、夢のような日々。

あの泣いてばかりいた毎日が嘘《うそ》のようだ。だけど、そこでいつも透は立ち止まる。

果たして、どっちが嘘？

現在と、過去と。自分はただ、都合のいい夢を見続けているだけなんじゃないだろうかと。

「……ん…」

視線を感じて、ふと透は目を開ける。と、間近で自分を覗《のぞ》き込んでいた涼司と視線があって、ギョッとして身を竦《すく》ませた。

「……びっくりした。なに——……俺、寝てた？」

「ああ。すげー気持ちよさそーに」

ニヤニヤと涼司が笑った。

「悪趣味。……起こしてくれればいいのに」

気まずさから、ついぶっきらぼうな口調になる。けれど涼司はそれを気にする風でもなく、ヘラヘラ笑い続けることもやめない。

「だって、可愛《かわい》い顔して寝てるからさ。起こそうとしたんだけど、あんまり可愛いからもうちょっとだけ見てようかなーと思って、眺めてた。そしたら勝手に起きちゃって」

そう〝可愛い、可愛い〟と連呼しないでほしい、と透は密かに思う。

想いを確かめあってからというもの、涼司は臆面《おくめん》なくそういうことを口にするのだ。イク時の顔が可愛いだの、唇が美味《おい》しそうでキスしたくなっちゃうだの、頰《ほお》がすべすべしてて触りたいだの――透にしてみれば赤面ものの台詞《せりふ》なのに、涼司はそういうのはへっちゃららしい。歯が浮きそうな台詞をいけしゃあしゃあと言って退《の》けるので、そのたびに透は困って俯《うつむ》いてしまうのだ。

「でも、起きてくれてよかったかもなー。あと五分寝てたら、俺、お前の寝顔おかずにしちゃってたかも」

「な…」

あんまりな言い種《いぐさ》に、思わず絶句する。

さっきまで散々好きにやっておいて、まだ寝顔をおかずにだなんてよく言えたものだ。

でも――涼司ならやるかもな、と納得したりして。

「……足りない？」

「うん？　んー……」

涼司はちょっと考える素振りを見せる。

透にとっては、かなり激しい行為だったと思うのだけれど、彼がまだ満足できていないのだとしたら、ちょっと申しわけないような気持ちになる。

もともと、透に対して恋愛感情を抱いていなかったころでさえ、「お前見てるとなんか欲情するから、やらせて」などとふざけたことを平然と言い放ったような、絶倫下半身男だ。想像していたよりもよかったからと、三日にあげず透を誘い——感情が伴うようになった今も、それは変わらない。

変わらないどころか、行為自体は深くなっている気がする。そっち方面にはオクテだった透にとって、涼司のすることはいちいち驚きの連続で、彼のタフさ加減というかバイタリティーの前には常にお手上げ状態だった。

涼司は貪欲《どんよく》に、透を欲しがる。透はそれに応えるのがやっとだ。時々ついていけなくなって、意識を手放したりもする。

今日だって、寝ていたというよりは半分気を失っていたんじゃないかと思うほどだ。

そうやって自分なりに頑張っているつもりなのに——涼司は満足できずにいるのだ。

その事実は、透にとってちょっとショックだった。

「足りない…んじゃないんだよな。けど、お前見てると、どんどんしたくなるっていうか。なんか抱いても抱いても、抱き足りねーんだよなー。なんでだろ」

なあ、もうちょっとだけ触っていい？　と聞かれて、戸惑いながらも透は頷《うなず》く。

「……触るだけでいい？　俺、口でしようか？」

「それはラッキー……でも、ちょっと待って。どっちかっていうと、俺のほうが触ったり舐《な》めたりしたい感じ」

言いながら、涼司は透の身体に触れた。そうっと壊れ物を触るように優しく撫《な》でられて、肌が粟立《あわだ》つ。

「触り心地がいいんだよな、マジで。……こうしてると安心する…」

唇が、鎖骨あたりに触れる。次第に下に降りていったそれが、胸の先端を挟んで吸った。

「…ん…っ」

思わず声が洩《も》れるのに、透は慌てて手で口を覆った。すかさず涼司が手を伸ばし、透の手をやんわりと引き剝《は》がす。

「聞かせて？　そのほうが興奮して、いい感じ」

「……や、だ…っ」

「なんで、やだ？　可愛い、透。俺のこと、好き？」

今さら確認しなくたってよさそうなものなのに、こういう時、彼はいつも透に「好き」と言わせたがった。

「言って、透」

「す――きっ、……好きだ、よぅ……ん、んんっ」

このまま済《な》し崩しに第二ラウンドに突入だ、と仕方なく透も覚悟を決める。

身体はクタクタだけど、涼司に求められるのは嬉《うれ》しい。

「俺も好き。……ここもここも、全部俺のモンだよな。透、もう一回入れていい？」

がくがくと、透は頷いた。

さっき涼司を受け入れたばかりのそこは、もう綻《ほころ》んで掻《か》き回されるのを待っているみたいだ。

涼司は躊躇《ためら》いもせずに、幾分強引に身体を沈める。

「あ……――……あっ、あぁっ」

何度経験しても、押し入ってくる瞬間の圧迫感には、慣れることができない。涼司はいつも丹念に慣らしてくれるから、痛みを感じることは少ないけれど、それでも過ぎた行為のせいなのか軋《きし》むような鈍い痛みが生まれて、透は胸を喘《あえ》がせた。

「……気持ち、いい…っ。サイコー」

涼司は飽きずに、透を貪《むさぼ》る。

深く混ざりあって、今度こそ気絶しそう、と透はすでにぼやけかけた意識の底で考えた。


先に好きになったのは、透のほうだった。だけど、男同士だし、涼司は女好きでつきあっている彼女もいたし、到底叶わない想いだと思った。

涼司にとっては単なる興味本位で始まった関係だったが、次第に彼は本気になった。最近の涼司の自分に対する執着を思うと、透は嬉しい反面ちょっと不安になる。

彼はいつまで、自分に飽きずにいてくれるだろうかと。

「透、寝不足？」

ふいに顔を覗き込まれて、透はびっくりして目を瞠《みは》る。目の前に、山内匡《やまうちただし》がいた。

透と涼司、それから匡の三人は高校入学以来ずっと親しくて、なにかにつけ一緒に行動している。涼司に対する透の気持ちには、匡は涼司本人より先に気づいていていたし、現在では二人の関係を黙認していてもくれる。

涼司も匡も積極的なタイプで、スポーツ万能、成績も悪くない。透はどちらかといえば引っ込み思案で、成績も中くらいだ。それがどうして仲良くなったのかなあと、透自身は不思議に思っていたのだが、二人にとって和み系の透のそばは居心地がいいらしい。

テキパキした行動力と嫌なことは嫌だとハッキリ言える性格、身勝手だけれど優しい涼司と、明るいムードメーカーでそのくせ観察眼が鋭かったりもする匡——透にとっても二人はかけがえのない存在だった。

「もう授業終わってるぜ？　昼飯、体育館行く？　涼司は、購買にスッ飛んでった」

「……あ、うん。ごめん。ボーッとしてた。ヤバイなー、授業上の空だったかも」

開いたノートを見てみると、ちゃんと書いていたつもりだったのに、途中からそれは字ではなくなっている。

「寝てたろ、お前」

同じようにノートを覗いて、ハハハと匡は笑った。

「笑いごとじゃないよ。どうしよう。週末にノート提出だったよね」

「あとで見せてやるよ。ほら、行くぞ。お前、弁当だろ？」

うん、と頷き、透は机の上を片づけ、弁当箱を取り出した。

肩を並べて体育館に向かいながら、匡はちらちらと透を見ている。

「……なに？」

「お前、大丈夫なの？」

「なにが？」

とぼけるつもりでもなく、本気で透は聞き返した。

「いや――なんでもないならいいけどさ。なんかしんどそうだし、体調悪いんじゃないのかなって」

「え…」

ドキンと、心臓が大きく跳ねた気がする。

確かに、身体はだるい。それは、昨日の涼司との過ぎた行為のせいだということは、嫌というほどわかっているが、まさか匡にそんなことは言えない。

「な、なんともないよ。なんで？　俺、全然元気。ほら」

わざとらしく元気な声を上げた透を、匡は一瞥《いちべつ》し、ひょいと肩を竦めた。

「ま、それならいーけどさ」

体育館のコートを見下ろせる踊り場に到着すると、天窓から差し込んでくる陽射しがぽかぽかと暖かい。

外はまだ寒いけれど、暦の上ではもう春だ。

「ひだまりだな、ここは」

こんなに居心地がいいにも拘《かかわ》らず、ここにはあまり生徒がやってこない。この場所に一番近いのが三年生の教室ということもあり、一年生は遠慮するらしいし、二年生は最も遠いから面倒臭がるようだ。

透たちも昼食は屋上や、寒くなってからは教室で摂《と》ることが多かったのだけれど、三学期に入って三年生が自由登校になったこともあり、時々こうしてここで羽を伸ばしているのだ。

「あんまり暖かいと眠くなりそうだなー」

「だな。来週あたりから、屋上行くか」

「えー、まだ寒いよ」

フェンスに凭《もた》れて、直に床へと腰を下ろし、二人は隣りあった。弁当箱の蓋《ふた》を開けたあたりで、涼司がのそりと姿を現す。

「サンルームだな、まるで。……お、美味《うま》そー。透、一口」

どっかりと腰を下ろすなり透の弁当を覗いて、涼司は「これと、これと…」とおかずをいくつか指差した。

「えー、これはやだ。一個しか入ってないし」

とりあえず渋ってはみるものの、結局食べられてしまうのは、もう日常茶飯事のことだ。

「んじゃ、半分。な？　半分こしよ。お礼に、卵サンド半分やるからさ」

「嘘、卵サンド買えたの？　素早ーい」

購買部でも人気商品の卵サンドは、透の好物でもある。よほど早く行かない限り、それはなかなか手に入らなくて、今一つ要領の悪い透は自力で買えたためしがなかったが、時々こうして涼司が買ってきてくれるので、口にすることができるのだ。

早速透は、卵サンドに齧《かじ》りつく。

「あー、やっぱ美味しい」

透の言葉に、涼司は満足そうに頷いている。もちろん横からちゃっかりと、おかずを摘《つま》んでは口に運ぶ。

「透、それ全部やるから食っちゃっていいよ」

「え、ホント？　でも、涼司の食べる分なくなっちゃうじゃん」

「俺、まだほかにも買ってきてるし」

言いながら彼は、ガサガサと調理パンを取り出した。

「じゃ、遠慮なく。ラッキー」

得しちゃったな、なんて思いながら、透は卵サンドをたいらげた。

そんな二人のやり取りを、匡は毎度のことだと思いつつ黙って見ている。二人の関係を知っているものだから、透はともかく涼司は彼の前でも平気で透に甘えたり触ったりもする。もちろん、それほど際どい行為はしないけれど、透は匡の前で涼司に頭を撫でられたり、肩を抱かれたりするだけで、気恥ずかしさから逃げ出したくなってしまうのだ。だからやめてくれと涼司に言っても、彼は全然動じない。

おまけに匡も「気にしないから、どうぞ」などと澄ましているので、どうしようもない。

「あ、ここにいた。舞木く－ん、志村《しむら》先生が呼んでたよ。生物のレポート出してないの、舞木くんだけだって」

ふいに女子の声が割り込んだ。同じクラスの子だ。

「忘れてた」

透は慌てて、ちょうど食べ終わった弁当箱を片づける。

「もう、あちこち探しちゃったじゃん。よくこんなとこまで来て、ご飯食べてるよね」

呆《あき》れたように女子は言うと、くるりとスカートの裾《すそ》を翻して引き返していく。

「ごめん、先に行ってる」

あとを追いかけるでもなく、透も立ち上がった。

「レポート、できてんのか？　手伝ってやろうか」

涼司が聞いた。

「ううん、平気。今朝、出しに行こうと思ってて忘れてただけだから」

じゃあね、と透は二人に手を上げてから駆け出した。

このところ、こういううっかりミスがけっこう多い。ノートを提出し忘れたり、体育のジャージを忘れたり。

もともとぼんやりしたところはあるけれど、ちょっとたるんでるのかなあと、校舎に続く渡り廊下を駆け抜けながら透は自分の拳で頭を軽く小突いた。

「舞木くん」

もうとっくに行ってしまったとばかり思っていた女子の声がするのに、透はその場で飛び上がりそうになった。

「あ――……なに？」

「ごめん、ビックリさせた？　私、ちょっと聞きたいことがあって」

なんだろう、と思いながら、肩を並べて廊下を歩く。その歩調は彼女にあわせて、ゆっくりだ。

「あのさ、……中条くん、今つきあってる人いるのかな」

「え？」

「わ、私じゃないよ。聞いてくれって頼まれたの！　前に、一年の子がよく教室に来てたけど、最近顔見せないし。別れたって噂《うわさ》もあるし、だったらフリーかなってみんな言ってるんだけど……なんかさ、フリーって雰囲気でもないじゃない？」

照れ臭いのか、早口に彼女は捲《まく》し立てる。これは〝聞いてくれと頼まれた〟というのはアヤしい感じだ。

それはともかく、彼女の言葉に引っかかりを覚えて、透は思わず聞き返した。

「……フリーって雰囲気じゃないって？」

それ、どういう雰囲気？　と続けると、彼女はウーンと眉間に皺《しわ》を寄せた。

「なんか……うまく言えないけど、充実してる感じっていうか、穏やかな顔つきになってない？　今の彼女とうまくいってるんじゃないかなーって気もするんだよね」

ふうん、と透は頷いた。

そういう変化は、あまり近づきすぎると見えなくなるものだろうか。もし本当に彼女の言うとおりなら、涼司は透といることで充実してくれてる？

鵜呑《うの》みにはできないけれど、くすぐったいような幸せが身体の奥から溢《あふ》れてくるみたいだ。

「で、どうなのよ。舞木くんなら知ってるでしょ？」

「ごめん、わかんない」

まさか、彼とつきあってるのは俺だよ、とは言えないので、実際この手の質問は困る。

「えー、嘘～。だって仲いいじゃん。隠さないで教えてよ」

「ホントに知らないんだ。ごめんね？」

悪いな、と思いつつ謝ると、彼女はそれ以上の追及はあきらめたらしい。

「本人に確かめるしかないのかなあ」

そんなことを呟《つぶや》いて、ハアと大きなため息を落とし、「じゃあね」と駆け出した。

短いスカートが動きにあわせて揺れるのを、透はぼんやりと見送った。

「……どう思うよ、お前」

一方、体育館の二人は、透がいなくなるなりなんだか空々しいムードが漂うのを感じていた。

「どうってなにが？」

シラケたような匡の問いかけに、涼司も負けず劣らずの口調で聞き返す。

「透。……最近とみにボケてる気がするんだけど」

「そうか？　透はいつもあんなもんだよ。そこが可愛いっていうか、頼りなくって助けてやりたくなるっていうか」

「ハイハイ。ノロケはけっこう」

なんだよ言わせろよ、と涼司は唇を尖《とが》らせる。

「お前さ、あいつにあんまり無理させるなよ」

「あ？」

「他人の恋路に口出す気はないけどさ。見てらんねーから。青い顔して、ウトウト居眠りばっかりしてさ。忘れ物は多いし、しんどそうだし」

「透が？」

トボケんな、と匡は涼司を睨《にら》みつけた。

「わかってるくせに。卵サンドぐらいでごまかせると思ってんのか？　罪滅ぼしにしちゃ、安すぎるだろ。……まあ、透は簡単にほだされてるみたいだけどさ」

「……そんなつもりはない」

むっつりと涼司は唇を曲げる。

「まーな、透はお前にベタ惚《ほ》れだし、なにしたって文句言わねーだろうし、お前にしてみりゃ好きなことし放題だろうが。お前も前と違ってあいつをちょっとでも大事に思ってんなら、考えてやれよ。あいつ、かなり無理してる。どういう無理かは、いちいち言わなくてもわかるだろ?」

ほっとけよ、と涼司は立ち上がった。

「俺が馬飼ってたら、一番にお前を蹴《け》らせるね」

「友達の忠告ぐらい、ありがたく聞けよ」

ああ言えばこう言う状態で、二人は睨みあった。そうしてほぼ同時にフンと顔を背け、涼司は足速に校舎へと向かう。

「……なんなんだよ、あいつはいっつもエラソーに」

悪態をついて、そばの壁を八つ当たりの勢いで蹴り上げた。

匡が耳に痛いことを言うのは、今に始まったことじゃないが、ここぞという時に決まって反論しようのないことを言うのだから腹が立つ。

「透の顔色が悪いことぐらい、わかってるっつーの。あいつのことは俺が一番わかってんだよ。

いちいちうるせーんだよ、まったく」

ブツブツと独《ひと》り言《ご》ち、涼司はふと足を止めた。

透には、ひどいことをしてきた。

彼が自分をそういう意味で想ってくれているなんて考えもせずに、強引に何度も抱いた。もちろん今はちゃんと気持ちも通じあっていると思うし、彼の嫌がることはしていないと思う。だが――透はどうも、なんでも一人で我慢してしまうところがある。だから、嫌がっていないと涼司には思えても、本当は嫌なのに自分のために耐えているのかもしれないのだ。

「……わかんねーもんなァ」

嫌なら嫌と言ってくれなければ、自分にはわからない。

透は一人で我慢して、ずっとずっと限界まで耐えて――耐えられなくなった時、ぷつりと切れてしまう。勝手に終わらせようとしてしまう。

それは、美術部の部長である柏崎《かしわざき》とつきあっているなんて嘘をついて、涼司から離れようとした時に思い知った。

今度透が離れていくとしたら、それは涼司に愛想を尽かした時だろう。その時に慌てても、もう遅い。

考えただけで、涼司は目の前が暗くなるのを感じた。

透を可愛いと思う。とても好きだと。

こんな気持ちは、今までつきあってきた何人もの女の子には感じなかったことだ。好きだと言われたからつきあってやってきただけで、たぶん自分から動いたことはなかった。

透も同じで、彼が自分を先に好きになったはずなのに——。今ではきっと、自分のほうが彼を好きになっている、と涼司は思う。

だから、毎日でも抱きたいし、できることなら部屋に閉じ込めて四六時中そばにおいておきたい。常にどこかが触れあっていないと安心できないし、何度抱いても抱き尽くせない気がする。

こんな自分を、透は負担に感じないだろうか？

気持ちの上だけでなく、自分を受け入れる側の彼には、身体的にも負担をかけているのだ。

「……ちょっとセーブしないとマズイか」

匡に言われるまでもなく、なんとかしなきゃヤバイのは確かだ。

とりあえず、毎日「やらせて」と言うのは我慢しよう、と涼司は考えた。

「悪ィ、透。俺、今日部活の連中につきあうから、先帰って」

放課後、涼司はそう言って顔の前で手をあわせた。

「しばらく俺つきあい悪かったからさー、うるせーんだよ、後輩のヤツらがさ」

涼司は、水泳部の部員だ。冬の間、水泳部は体力作りと称して、まるで陸上部のような活動をしている。週に一度は区民センターの温水プールに行くことになっているが、ここのところ、涼司はそれもサボりがちだった。

理由は簡単、透と一緒にいるためだ。

透が所属している美術部は、今はとくに目指している展覧会もなく、自由活動という感じなので、涼司に振り回されるままに透も何度もサボらされている。

もちろん、部活動に参加する時でも、終わってから二人は待ちあわせをする。部内のつきあいなんか、確かにほったらかしだった。

あらためて考えるまでもなく、涼司が透にばかりかまけているのは、そろそろ限界なのだろう。

□■□

「いいよ。じゃあ、先に帰る」

透はあっさり頷いた。

涼司はちらりとなにか言いたげな表情を浮かべたものの、「夜、メールする」と手を振って教室を出ていく。その後ろ姿を見送ってから、透も美術準備室に向かった。

別々に帰るのは久しぶりだ、と思った。

淋《さび》しいような、物足りないような、変な感じだ。

しょうがないな、と苦笑しながら廊下を急ぐ。コツコツとノックしてから、美術準備室のドアを開けると、中にいた生徒たちが一斉に振り向いた。

「あ、舞木先輩ー」

「こんにちはー」

挨拶《あいさつ》をしたのは、一年生が数人。クロッキー帳を手にしてはいるものの、お喋《しゃべ》りの真っ最中だ。みんな暇そうだな、と思いつつ挨拶を返す。

「こんにちは」

透はいつもの席に向かい、あまり気が乗らないけれど、描きかけのままほうってあった水彩画を仕上げてしまおうか、と考えた。その時。

「あれ、けっこういるじゃない」

元部長、柏崎啓吾《けいご》の声が響いた。

一年女子の間から、キャーと密やかな嬌声が上がり、一人の男子が目を輝かせて立ち上がる。

「柏崎先輩っ、あの、俺、先輩に見てほしい絵があって…」

その言葉に、彼はちらりと透を見て軽く肩を竦めてから、仕方なさそうなようすで一年男子——石原大輔《いしはらだいすけ》のスケッチブックを覗き込んだ。

「フーン、いいんじゃない？　これなんか、面白いモチーフだと思うよ」

「本当ですか？　よかった。それで、俺…っ」

「あ、ちょっとごめんね、待ってて」

頬《ほお》を紅潮させてなおも話を続けようとする石原をあっさり制し、彼は相変わらずの飄々《ひょうひょう》とした二枚目ぶりで、まっすぐに透のそばにやってきた。

ヴィジュアル系の容姿だと評判の彼だが、中身はけっこう男っぽい。頼りがいもあるし、透もさまざまなことを相談に乗ってもらっていた。それが最近ご無沙汰なのは、彼の自分に対する気持ちを知ってしまったからだろう。

涼司とのことがなければ、透はきっと彼の自分に対する想いには気づかなかった。

涼司と身体だけのつきあいをしていた時、それがつらくて別れたいと思った透に、啓吾はカムフラージュでつきあおうと言い出した。自分のことを口実に、別れ話を切り出せばいいとアドバイスもしてくれた。彼の好意に甘えるうちに、それがただの後輩に対する好意なんかじゃなくて、自分を想ってくれる真摯《しんし》な気持ちなのだと思い知らされた。

あんな形で気づいて、気まずくなるかと不安だったけれど、啓吾の態度は変わらない。もしもあのことがなければ、彼はなにも言わないまま卒業してしまったんじゃないかと思う。

啓吾からは、そういう潔さのようなものが感じられた。

透は啓吾をとても好きだったし、部長としても同じ男としても憧れて尊敬している。その気持ちは今も変わらないどころか、以前よりもずっと強くなっている気がする。だけど同時に、やっぱり申しわけないような気持ちも疼《うず》いてしまうのだ。

「珍しいね、舞木」

「部長こそ。三年はもう自由登校なのに」

さりげなく会話する。啓吾は、以前と変わらず包み込むような優しさで、透に接してくれる。

「家にいてもすることないしね。放課後、よく来てるよ。舞木が来てないから、会わないだけ」

「あ、すみません」

サボってるのがバレちゃった、と慌てて透は頭を下げた。啓吾はクスクスと笑う。

「どうしたの？　彼となにかあった？」

声を潜めて耳元で囁《ささや》かれ、ギョッとして彼を見る。

「……いえ、べつに。ちゃんとお互い部活にも出とかないとヤバイなって…」

うんうん、と彼は頷いた。

「帰りは待ちあわせ？」

重ねて聞かれ、首を横に振る。

「今日は別行動です」

「それはラッキー。じゃあ、俺につきあってもらおうかな」

彼はふわりと笑って、ポケットからチケットらしき紙を取り出す。目の前に差し出されるのを反射的に受け取ると、それはデパートで開催中の絵画展の入場券だった。

「あの…」

「つきあって？　たまにはいいでしょ」

下心はないから安心して、なんて啓吾はまたコソコソと囁く。

「……部長…」

「元部長だよ。じゃあ、すぐ行こう。急いでやらなきゃならない課題もないよね？」

――こうまで言われたら、透の性格上ノーとは言えない。

来た途端帰るなんて後輩に示しがつかないなあと思いながらも、出しかけていた画材を片づける。

「悪いけど、今日はこれで」

啓吾は愛想よく、後輩たちに挨拶している。

「ええっ、今来たばかりなのに」

恨みがましげに声を上げたのは、石原だった。

「俺、今日は先輩にいろいろ教えてもらいたかったのに」

「ごめんごめん、でも、さっき見せてもらったのはいいセンスだと思うよ。俺がアドバイスするよりも、石原のやり方で進めてごらんよ。できあがったら見せて」

そう言われて、石原はしょんぼりと肩を落とした。

——慕われてるなあ、と透は後輩に囲まれている啓吾をぼんやり眺める。と、啓吾の陰から、じっとりこちらを見ている石原の視線に気づき、ギョッとした。

せっかく来てくれた啓吾を連れていってしまう、と怒っているのかもしれない。

「それじゃ、お先に」

啓吾はそんな後輩の思いには気づかないのか、あっさりと手を振って先に美術準備室を出ていく。少しだけいたたまれない気持ちになって、透も慌てて彼の後に続いた。

「いいんですか」

彼の背中に問いかける。

「え？」

足を止め、啓吾は透を振り返った。

「……石原、まだなにか聞きたそうだったけど」

「ああ、いいのいいの」

素っ気ないというのとは違うが、どうってことないように彼は言う。

「でも…」

「ここ二、三日、かかりきりだったんだよ。あんまり俺が口を出してもなァ。あいつ、なんでも俺の言うとおりにしちゃうから、それじゃあ個性が死んでしまう。そう思ってなるべく影響を与えないようにと曖昧《あいまい》にぼかして言うと、向こうは突っ込んで聞いてくるからね。ちょっとはほっとかないと、伸びないだろう」

はあ、と透は頷く。

部活をサボっていた間のことはわからないけれど、啓吾の言ってることは理解できる。

「ごめんね」

唐突に謝られて、なんのことだろうと透は首を傾《かし》げた。

石原の話が続いているのかと思ったが、それはもう終わったらしい。

「今日、無理やりつきあわせて。まー残りわずかだしさ、もうちょっとだけつきあって？　舞木の嫌がることはしないつもりだから」

「部長…」

「思い出作りみたいな感じ？　ちょっとだけ、舞木を連れ回して歩きたいんだ。……といっても、彼の監視があるからなかなかチャンスが摑《つか》めなかったんだけど、今日は鬼のいぬ間に…ってね」

軽い口調だったが、言葉の端々に彼の好意が感じられて、胸が痛くなる。意識しまいと思っても、どうしたって意識してしまう。彼の気持ちを。

「部長、でも俺は…」

言いかけた透の唇スレスレに、啓吾の器用そうな長い指が当てられる。

「その先は言わなくていいよ。わかってるから。……ただの先輩後輩の関係でいいじゃない？　俺の気持ちに応えられないからって、その関係も壊れちゃうのは淋しいだろ？　俺は舞木のいい先輩でいたいと思ってるよ。これからも」

彼が無理をしているのではないかと、透は思ったが、啓吾の横顔はなんだか楽しそうだ。しかもフンフンと鼻歌まで口ずさみ始める。

——そういえば、カムフラージュでつきあおうと言った時も、こんな感じだった、とふと透は思い出した。

今一つ掴みどころがないけれど、優しくて暖かい。啓吾を、とてもいい人だと思う。

涼司と出会っていなかったら、自分はこの人と恋愛できただろうかと、透はなんとなく考えた。

そうしてすぐに、考えるのをやめた。

涼司と出会ってなかったらなんて、想像することもできなかったからだ。


翌日も、涼司は「先に帰って」と言った。

昨日はあっさり頷けた透だったが、たった二日続いただけで、ひそやかな不安が頭を擡《もた》げるのを感じる。

だって、二人きりになると必ず「したい」とほざく涼司が、ここ三日ほどまったくその台詞《せりふ》を口にしていない。

「……もうしたくなくなっちゃったとか…」

さすがにそろそろ彼も飽きるころなのかもしれない、と考えはつい悪い方向へと走り出す。

数え切れないくらい涼司と寝て、身体の隅々まで暴かれた。透の身体で、涼司が触れてない場所なんか、もうどこもないんじゃないかというほどだ。

どんなに気に入っている玩具《おもちゃ》でも、時間が経てば飽きるだろう。人は掌を返すように、ある時突然、夢中だった物への興味をパタリと失ったりするのかもしれない。

——そういえば。

透の脳裏を、ふと一人の女子の顔が過《よぎ》った。

この前、涼司に今つきあっている相手はいるのかと聞いてきた女子だ。あの時彼女は、そらとぼけた透に焦《じ》れて「本人に確認するしかない」と言っていた。

それはつまり、告白するつもりになったんじゃないだろうか。

彼女はクラスの中でもけっこう活発なほうで、顔もまあまあ可愛い。なによりも、涼司が好きなふくよかなバストを持っている。

来る者拒まずの涼司だから、誘われてついフラフラとOKしたのではないだろうか。口では「抱き足りない」と言ってくれていた涼司だけれど、結局のところ満足させてあげられなかったわけだし、実は透に飽き始めていたのかもしれない。そんな時に誘われたら、それはちょうどいいきっかけになって——。

「……やめよう」

一人でぐるぐる考えて落ち込むのは、よくない。

今日は部活に行く気にもなれないし、まっすぐ帰ってしまおうと、透は教室を出たその足で昇降口に向かった。

下駄箱から靴を取り出そうとして、白い封筒が入っているのに気づく。

「なんだろ…？」

ラブレター？　まさかこのメール全盛の時代に？

封筒を開けて、中に入っていた紙を取り出す。ごく普通のB5サイズのコピー紙に、パソコンで打ち出したらしい活字が並んでいた。それは——。

〝お前を絶対に許さないから。地獄に堕《お》ちろ〟

たった一行、真ん中にそう記されている。

「……なにこれ…？」

思わず呟いた透は、誰かがじっと自分を見ているような視線を感じて、ハッと顔を上げた。

周囲をキョロキョロと窺《うかが》うものの、何人かの生徒の姿はあるけれど、こちらを見ているような人影はない。

これはどう見ても、ラブレターじゃない。果たし状でもなく、今のところ脅迫状でもない
——ただの嫌がらせ？

だが、どうして自分に？　と透は呆然《ぼうぜん》と、再び用紙に目を落とす。

誰かの下駄箱と間違えた？　いや、きちんと扉に名前が記されているのだからそれは考えにくい。

自分を恨んだり憎んだりするとしたら、いったいどういう理由からだろう？

透に思い当たるのは、やはり涼司絡みのことだけだ。

例えば――坂上綾乃《さかがみあやの》。涼司が透と関係を持ったのは、まだ彼女とつきあっていたころだった。結果として、彼は彼女と別れてしまったわけで、なぜ別れたのかの理由を彼女が知っているかどうかはわからないけれど、透は後ろめたさを感じずにはいられない。

彼女がもしも、最近になって自分たちの別れる原因となったのが透だと知ったとしたら。そりゃあ〝地獄に堕ちろ〟と思うだろう。

それは綾乃だけだろうか？　それ以前につきあっていて別れた女子が、透の存在を知ったとしたら、自分の元彼が男とつきあっているなんて！　と腹を立てたりしないだろうか？

――俺、いろんな人に恨まれていそう。

そう考えて、透はフゥとため息をついた。

用紙を元どおりたたんで封筒に入れ、ポケットにしまう。

これだけではどうしようもない。相手がわからなければ対応のしようがないし、下手《へた》に動いてもっとまずい状況になるのも困る。

しばらくようすを見るしかないかな、と透は思った。

相手の出方を待って、考えるのはそれからだ。それまではまだ誰にも――涼司や匡にも言わないでおこう。

そんな冷静な判断をしながらも、透の心は千々に乱れていた。

よりによって、こんな時に、と思う。

涼司の気持ちが、透から微妙に離れかけているのかもという疑いが芽生えて、そうでなくても不安なのに。それともこの手紙の差出人は、この時を待っていたのだろうか。便乗して追い討ちをかけたほうが、透にとってダメージが大きいだろうと考えたのか？

そうして辛抱強く、ずっと二人を陰で見ていたのかもしれない。だから気づいたのだ。

涼司が透に飽きる、その時が来たのだと。

夜になると、気を遣って涼司が電話をかけてくる。

携帯がピピッと音を立てるのに、透は慌てて手を伸ばした。

『俺』

「うん」

『なにしてた？』

「べつに。ボーッとしてた。涼司は？」

今帰る途中だ、と彼は言った。言われてみれば、ザワザワと雑音がする。

時計を見ると、八時近い。こんな時間まで、どこでなにをしていたんだろうかと、また透の胸は小さく痛む。

いっそハッキリ終わらせてくれればいいのだけれど、それもきっと難しいと涼司は思ってるのだろう。もしも彼が、透を〝恋人としては駄目だけど、友人としてこれからもつきあいたい〟と思っていてくれるのだとしたら、きっとどう別れを切り出せばうまくいくか、タイミングを計っているはずだ。

でも、透にとっては、どんな別れ方を持ち出されてももう駄目だった。友人としてなにもなかったような顔をして、これからもずっと彼のそばにいるのはつらい。一度はちゃんと割り切ったつもりだったけど、今度は無理だ。

ほんの少しの間でも涼司の一番近くにいられたから、心が贅沢《ぜいたく》に慣れてしまった。失《な》くなるなんて耐えられない。

『透』

なにげない会話がふと途切れて、涼司の声音が微妙に変わる。その真剣さに、別れ話が始まるのかもしれない、と透は身構えた。

『お前さ、俺になんか隠しごとしてない？』

けれど、続けられたのは意外な質問だった。

「隠しごと？」

なにそれ、と透は聞き返す。

『なにって…それを俺が聞いてるんじゃん。俺に、秘密にしてることない？』

「え…」

次の瞬間に透の頭を過ったのは、今日下駄箱に入っていた手紙だ。

もしかして――涼司のところにも同じような手紙が来たとか？　差出人が直接彼に、透に手紙を出したと告げたとか？

話そうかどうしようか迷ったものの、だったら涼司だって…と、透は半ば開き直りの心境で言い返した。

「涼司のほうこそ、俺に隠しごとしてない？」

今度は、涼司が黙り込む番だった。

携帯を通して彼の動揺が伝わってくるようで、透は小さくため息をつく。

危惧《きぐ》していることが現実になるかもしれない、と思った。

『バ、バーカ。俺は隠してることなんかないよ』

一瞬後の取り繕うような声に、透も「俺だってそうだよ」と告げる。話はそこで終わった。なんとなくお互いぎくしゃくしてしまい、続かなくなったのだ。

涼司は別れを告げるタイミングを摑み損なったのだろうか。この手紙をきっかけにしたかったんだろうか。

たとえば、そんな妙な脅迫状が来るようなら、しばらく特別なつきあいはやめようかとか、俺たち普通の友達に戻ったほうがいいんじゃないかとか。この手紙は、そんなふうに言い出すいいきっかけになる。まさかこの手紙自体、涼司が直接関わっていたりして——いろいろな考えがぐるぐると頭の中を渦巻いて、すでに回線の切れた携帯を握りしめたまま、透は微動だにできなかった。


翌朝、登校して下駄箱を開けると、昨日と同じ封筒がまた入っていた。

透は一瞬固まって、それからそろりと封筒を取り出す。

生徒たちが次々と登校してくるのに、慌ててポケットにねじ込み、さりげなく涼司の下駄箱を確かめてみた。中には彼の上履きが入っているだけだ。まだ登校していないらしいのと、彼のところには手紙が入っていないのにホッとして、透は教室に向かう途中、人の少ない踊り場で手紙を取り出した。

〝お前だけが幸せになるなんて、許さない。中条涼司と別れさせてやる〟

中条涼司、と名前がハッキリ記されているのに、やっぱりと肩を落とす。

駄目押しだ。これはもう完璧《かんぺき》に、涼司絡みだ。過去の彼女か、もしくは——現在つきあっているのかもしれない誰か。

単独犯か、何人かの共謀かもわからないし、涼司がこのことを知っているのか知らないのかもわからない。でも、昨夜の電話もちょっと引っかかっている。

隠しごとがないかなんて、わざわざ聞くのはなんだかおかしい。手紙を見た透の反応を、それとなく探っているみたいな感じだ。

好きな相手を疑うなんて変だし、そんな自分に嫌気も差すけれど、もともと涼司はストレートだし、始まりがあんなふうだっただけに、一度不安になると止まらなくなってしまう。

「透？　どうした、こんなとこで」

いきなり涼司の声がして、透はビクリと身を竦ませた。彼に見つからないように手紙をポケットに隠し、「おはよう」とさりげなく口にする。

「おう」

短く言って、彼はすぐに透のそばを擦り抜け「教室行くぞ」と先に立って歩き出す。

周囲に人は見あたらないのに、涼司は肩にも腕にも触れなかった。つい数日前までは、誰も見ていないからといきなり唇を盗んだこともあるのに。

掌を返したような彼の態度に、透の心には小石を投げ込まれた水面のように波紋が広がっていく。

「……やっぱり駄目なのかなあ…」

独り言ちると、鼻の奥がつんと痛くなった。でも、こんなことでいちいち泣いてなんかいられないと、きゅっと唇を嚙《か》みしめて階段を上り始める。

せめて、涼司に「終わりにしたい」と言われた時、みっともない愁嘆場を演じないように覚悟だけは決めておかなきゃ、と考える。

できることなら笑って「わかった」と言いたい。だけど、できるだろうか？

そんな自信、全然なかった。

昼休みが来て、涼司は例によって購買部へとスッ飛んでいった。彼はいつも自分の弁当を二時間目が終わったあたりで食べてしまうので、昼休みにはパンを買いに行くのだ。今日は匡も珍しく早弁につきあい、一緒にサンドイッチでも買ってくる、と出ていった。

一人残された透は、教室で彼らを待っていようと思ったのだが――ふらふらと廊下に出て、購買部を避けてラウンジへと向かう。

「舞木」

背後から声をかけられた。

この声は、振り向かなくてもわかる。啓吾のものだ。

「……部長、どうしたんですか」

「舞木こそ。昼飯食いっぱぐれるぞ」

「いえ…」

そういえば、弁当箱を教室に置いてきてしまった、と今ごろ透は気づく。取りに行くのも面倒臭いし、そろそろ二人が戻ってきているから抜け出せなくなるだろう。

いつものように一緒に昼食を摂る気になれなくて、透は曖昧にごまかそうとしたのだが――。

「またなにか悩んでる？」

柏崎に覗き込まれて、うっと言葉に詰まる。

「アタリ？　それも恋愛関係、当然例の困ったちゃんの彼のことだろう？」

「部長…」

軽い口調に、思わず透は噴き出してしまった。前に相談した時から、彼の中で涼司は〝困ったちゃん〟というレッテルを貼《は》られてしまったらしい。

「どうでもいいけど、こんなところで立ち話もなんだから美術準備室に行かない？　菓子パンでよかったら、舞木の分もあるよ」

「またクリームコロネ?」

啓吾は、顔立ちも甘く整っているけれど、味覚もけっこう甘党のようだ。

「いや、今日はソフトフランス」

ああ、と透は頷いた。

柔らかめの細いフランスパンの間に、バタークリームが入っているもので、透も嫌いじゃなかった。

「でも、それ…」

「そう、端っこまでクリームが入ってないんだよ。だからパンを剝がして、ちぎってクリームをつけながら食べる」

彼は以前にも、クリームコロネを似たようなやり方で食べていた。そういうまんべんなく美味しく食べようと工夫するあたりは、透も共感するものがある。涼司ならきっと、美味しくないところは食べない、とキッパリ切り捨ててしまうだろう。そしてきっと、匡は気にせずに平らげるに違いない。彼は清濁あわせ飲むタイプだ。

食べ方って性格が出るんだよな、と透は内心おかしく思う。

美術準備室のいつもの窓際の席で、並んで座りながらパンを食べ、相談するつもりもなかったのに結局透はポツポツと話し始めた。

啓吾に涼司とのことを相談するのは残酷だと思うし、間違いだとわかっている。それでもつい話してしまうのは、透の心の弱さなのか、啓吾の警戒を解かせる不思議な雰囲気のせいなのか。

彼に問いかけられると、答えずにはいられなくなるような、そんな感じがする。

「それで？　またなにか無体なことされてる？」

そんなんじゃないです、と透はかぶりを振る。

「……手紙が……」

「手紙？」

「これ…」

ポケットから、昨日と今日の手紙を二通取り出す。啓吾は受け取って、ざっと目を走らせた。

「これは……——下駄箱に入ってたの？　舞木の？」

「はい」

「なんだかレトロだねぇ」

しみじみと啓吾が呟く。場にそぐわない呑気《のんき》そうな声だが、透はなんだかホッとしてしまう。

彼の口調からは、緊迫感や緊張感が抜け落ちているみたいだ。真剣味が足りないというのではなく、こんな時彼のそんな鷹揚とした態度は、安心感を与えてくれる。

「それで、舞木はこの差出人は彼のことを好きな女子じゃないかと思っているわけだ?」

それ以外には考えられないと、透は頷いた。

「もしかしたら、涼司、彼女ができたのかもしれない。それで……俺と上手に別れようとして…」

「それは舞木の想像だろう?」

ピシリと啓吾が言った。

「憶測だけで、へこむのはよくない。まず本人に確かめてみるべきだろうね。それでもしも舞木の想像が現実だったりしたら、ようやく俺の出番が回ってきたってとこ?」

「部長…」

「なんてね」

悪戯《いたずら》っぽく、彼は舌を覗かせる。

「冗談はさておき、まず彼の気持ちを確かめてみたほうがいいのは確かだな。そのうえで、この手紙の差出人のことを調べてみればいい。手紙だけとはいえ、立派な嫌がらせだしなあ。受け取って、気持ちのいいものじゃないよね」

淡々と口にしてから、啓吾はふとまっすぐに透を見た。

「彼が君を守らないなら、俺が守るから。これは本気」

「……部長、それは、あの…」

「心配しなくても、変な下心はないからね」

どう答えればいいものか、透は返す言葉を失った。下心があるのも困るが、無償の愛なんてもっと困る気がする。

だけど彼以外に、これほど真剣に透の話を聞いてくれる相手がいるだろうか。しかも、あくまでも優しい。

「でも、本当に彼絡みかなあ？　ほかに心当たりはない？」

「ほかに？」

「そう、例えば…」

彼がなにか言いかけたその時——バンッと荒々しくドアを開ける音がして、透は思わず椅子《いす》の上で飛び上がりそうになった。

「なにやってんだよ、こんなとこで」

涼司だった。血相を変え、肩で息をつきながら現れた彼に、いったいなにがあったのかと目を瞠る。

「涼司、どう…」

「どうしたんだは、こっちの台詞だっつーの。弁当置きっぱなしで、いつまで待っても帰ってこねーし。必死で探し回ったっていうのに、ほのぼのと菓子パン食ってやがって」

ほのぼのなんてしてないのに、と透はムッと眉を顰《ひそ》めた。

「そういう言い方はないと思うよ。舞木は、相談に…」

「相談〰〰〰!?」

なんの相談だよ、と涼司が気色ばむ。

「それは…」

「なんだよ、俺に言えないことか？　お前、なんでいっつも俺にはなんも言わないで、こいつにばっかり頼ってんだよ」

感情的になるあまりというのはわかっていながらも、こいつ呼ばわりされて啓吾もムッとした。ただでさえ恋敵なのだし、涼司の所業を知っているだけに、もともといい感情を持てるはずもない。

「君が浮気しているかもって悩んでいるのに、当の君に相談なんかできるわけないだろう。ね

え、舞木」

「ぶ、部長っ⁉」

顔色一つ変えずにさらっと言って退けた啓吾に、透は飛び上がった。

驚いたのは、涼司も同じだ。

「……浮気って……どういうことだよ」

啓吾が一緒にいることなど忘れたように、透の肩を摑んで激しく揺さぶる。

「あ？　誰が誰と浮気してるって？　お前さ、いったいなにを誤解したら、そういう悩みが生まれるわけ？」

「だって…」

「ストップ」

啓吾が口を挟んで、扉を真っ直ぐ指差した。

「そこから先は、どこかほかで話してくれる？　俺、昼寝したいんだ」

なんでもないように彼は言ったが、透はまたもや飛び上がりそうになった。啓吾にとって、聞いていて楽しい内容じゃないのは確かだし、不愉快な気分になるのも無理はない。

「すみません。失礼します。……部長、ありがとうございました」

深々と頭を下げて、透は涼司の腕を引っ張って美術準備室を出た。

廊下に出るなり、今度は反対に涼司が透の腕を摑んで、階段へと向かう。

「涼司…」

「屋上、行くぞ」

「え、…寒いよ？」

「だから、誰もいなくていいんじゃねーか」

ぶっきらぼうに吐き捨てて、彼は歩みを早める。仕方なくそれに続きながら、どこまで話せばいいのかと透は唇を嚙みしめた。

「んで？　なんだって？」

屋上に続く扉を開けながら、涼司は待ち切れないようすで口を開く。

「……だから…」

「なんで俺が浮気してるんだ、バカ」

言葉と一緒に、軽く頭を叩《たた》かれた。

「だって――最近……」

「ああ？　聞こえねーよ」

「……最近、誘わなくなったし」

思い切って口にすると、涼司は面食らったような表情を浮かべる。

「…って、それ…」

「俺に飽きたんだろうって思ったんだよ！　そしたらタイミングよく涼司に告白したがってる女子が、俺に打診してくるし、今なら涼司も告白されたらきっと簡単に受け入れちゃうだろうって思ったし…――痛っ」

いきなりオデコを指で弾《はじ》かれ、思わず声を上げる。

「バカか、お前は。なんでお前がいるのに、女子に告《コク》られてホイホイ受け入れると思うよ？」

「だって…っ」

ズキズキするオデコに手を当てて、透は涙が滲《にじ》みそうになるのを感じた。

みっともない、と思う。愁嘆場は演じたくないのに、どうして自分はこんなに弱いのだろうかと嫌になる。

「……もう俺と寝たくなくなったのは本当じゃないか。それに、涼司は俺になにか隠してるみたいだったし」

「それはお前もだろ。…っと、今のは〝俺になんか隠してる〟ってとこな。その前の、透ともう寝たくないなんてことは、俺はひとことも言ってないだろ？」

わざわざ言わなくてもわかるよ、と透は心の中で呟いた。

「たった三日で〝飽きたのかも〟なんて思われるとは、俺ってよっぽどそればっかだったんだなー。……お前に無理させんなって、匡に怒られたんだよ。しょーがねーじゃねーかよ。そりゃ、俺はやれるもんなら、毎日だってやりてーよ。もう所構わず、好きな時に好きなようにさ、お前のこと舐め回して、イカせ捲って、突っ込んでヒィヒィ泣かせてーよ。一日中だって、俺はやれるぜ」

「……涼司…？」

透は自分の耳を疑った。今、彼はなんと言ったのだ？

「けどさ、どうしたって受け入れる側は負担がデケーんだろ？　俺、気がつかなかったけどさ。匡が、透が青い顔してフラフラしてんのは、俺が無理させてるからだろうって言いやがった。そんなことないとは言えなかったよ。確かに……無理させてたかもしんねーし」

予想外の言葉に、透は目をぱちくりさせる。そんなこと、考えてもみなかった。だいたい、涼司が他人の意見を聞くような人間だとも思えないのに。

「好きならちょっとは考えてやれって言われてさァ。さすがに応えたんだよ。けど、透の顔見てりゃ抱きたくなっちまうし。スポーツで発散しようかと思って、真面目《まじめ》に部活やってはみたけど、あれは違うな。スポーツとセックスの欲求とは基本的に別物だな。全然消えてなくなりゃしねェ」

自棄《やけ》クソみたいに、涼司は言い放つ。

「そんで、ちょっと手綱《たづな》緩めた途端、お前はあの野郎と美術館？　展覧会？　なんか知んねーけど、一緒に出かけやがって。しかもそれを俺に隠してただろう」

「え…」

啓吾と一緒にデパートの絵画展に行ったことを涼司が知っていたのも驚きだが、それを彼がそんなふうに気にしているとは思いもしなかった。

「なんで…」

「知らねーと思ってたろ。なーんか気になって、美術準備室行ったら一年の男子が教えてくれたんだよ。舞木先輩なら柏崎先輩と一緒に美術展です、とかなんとか。あのガキ、お前らが趣味があうだの、一緒にいるとなんかいい感じだのってクソ面白くもねーことまで言いやがって。だいたいお前も、なんでもかんでもあいつに相談なんかしやがるから…」

イライラと言いかけ、涼司はふと言葉を止める。そうして「あ、そっか」と思い出したように、手を打った。

「あいつ、俺とのこと知ってたんだっけな。前につきあってるふりとかしてくれてたんだもんな。……まあ、確かにそういうことなら相談しやすいんだろうけど。でもな、俺に関することなら、俺に直接聞けよ。な？」

涼司の手が肩にかかって、ぐっと力が込められた。

「俺、確かに信じてもらえなくてもしょうがないようなことばっかしてたし、勝手だし自己中だけど。でもな、本当に今は透一筋だから。お前のためなら、潜水で五十メートル泳いでやるから」

「……涼司、潜水苦手だったんじゃ…」

「だから、苦手なことでもお前のためならしてやるっつってんだろ。信じろよ。マジで、浮気なんかしてねー」

ぐいと引き寄せられ、透は抱き竦められる。久しぶりの抱擁に、ほっと安心感が広がるのがわかった。

「涼司…――誰かに見られたら…」

「誰もいねーだろ」

透の躊躇《ためら》いを一蹴《いっしゅう》して、二人はそれから昼休み終了のチャイムが鳴り始めるまで、ずっと抱きあっていたのだった。

下駄箱の前で、透は固まった。

十分だけミーティングに出るからと涼司が言うので、昇降口で待っていようと靴を履き替えるつもりで下駄箱を開けたら、またもや手紙が入っていた。

しかもその内容は、今までのものよりもさらにエスカレートしている。

〝この恥知らず！　お前なんか最低。ここをどこだと思ってるんだ。学校で堂々と抱きあったりするな、クズ！〟

などと、口汚なく罵《ののし》り捲っているのだ。

――もしかして今日の昼休み、誰もいないからと油断して抱きあっていたのを、この手紙の差出人はどこからか見ていたのだろうか。涼司を好きなのだろうから、ストーカーっぽく追いかけ回していたのかもしれない。だとすれば、見られても無理はない。

迂闊《うかつ》だった、と透は臍《ほぞ》を嚙む。

結局涼司には、この手紙のことはまだ話していないのだけれど――やはり言うべきだろうか。

少なくともこれは、彼の現在の彼女からのものではない。過去の誰かか、片想い中の誰かだ。

「なーに見てんだ、透」

声がするなり、手にしていた手紙をサッと取り上げられる。

「あ…！」

慌てて取り返そうとしたが、間にあわなかった。手紙はあっさりと、匡の目に晒《さら》される。

「……なんだ、これ」

匡は眼鏡《めがね》の奥の目を細め、顔色を変えた。

「た、匡、あの、それは…」

「これ、誰から？」

オロオロする透には目もくれず、匡は強い口調で聞いた。

「……わ…かんない…」

仕方なく、透は呟いて俯いた。

「涼司とのことで脅迫されてる？　これが初めてじゃないだろ。……はーん、最近ふさいでると思ったら、こういうことか。悪い、俺、てっきりあの絶倫男につきあい切れないんだろうと思って、余計な口挟んで」

さっき涼司に怒られた、と彼はあっけらかんと言ったが、かえって透はいたたまれないような気持ちになる。

「これ、涼司には相談した？　あいつ、こんなことひとことも…」

まだ、と透は首を横に振る。

「涼司には、もうちょっと黙っててくれる？」

「なんで？」

「……だって…——具体的になにかされたわけじゃないし」

きっと涼司を好きで好きでたまらなくて、そばにいる透を憎いと思う——その気持ちはわからなくはない。傲慢《ごうまん》かもしれないけれど、そんな女の子を責めたてる気にはなれない。

これは、涼司の心が自分の上にあるとわかった今だから、そんなふうに思えるのかもしれなかった。

「具体的に…って、充分されてるだろうがよ。こういうのは、精神的に滅入《めい》るだろ？　悪意に満ちてるじゃないか。だいたい、透は一人でなんでもしまい込もうとしすぎる。あのバカにも、ちゃんと言ってやれよ」

「どのバカに、なにを言うって？」

いきなり涼司の声が割り込むのに、透はびっくりして匡の手から手紙をひったくった。

「今、なに隠した？　見せろ、透」

「だ、駄目っ」

「お前のほうこそ、浮気してんじゃねーの？　それ、誰かからのラブレターじゃねーだろうな。

……柏崎とかさ」

そんなわけないだろ、と透は声を上げる。

「だったら、見せろよ。見せねーと、浮気したおしおき、容赦しねーぞ」

「う、浮気なんか…っ」

「脅迫状だよ。お前とつきあってることで、透が糾弾《きゅうだん》されてんの。罵詈雑言《ばりぞうごん》浴びせかけられて、可哀相《かわいそう》に」

匡も黙っていない。透が〝喋るな〟という意味を込めて睨んだところで、どこ吹く風だ。

「脅迫状～～～？　マジかよ、見せろ」

強引に手を掴まれて、手紙を取り上げられた。

「……なんだ、これ」

「だから、脅迫状だって言ってんだろ」

「ってゆーか、なんで透んとこにこんなもんが来るんだよ。……おい、これだけか？」

じろりと見られて、透は思わず後退《あとずさ》る。同じように見る匡の顔にも「ほかにもあるんだろう、見せろ」と書かれているようだ。

しょうがない、とあきらめの境地で、透はポケットから二通の手紙を取り出した。それらをひったくるように奪って、二人はそれぞれ読み始める。

「……俺と別れさせてやるって……誰だよ、こんな……――あ…！」

涼司の怒りの形相が一瞬崩れて、なにか閃《ひらめ》いたような顔つきになる。

「お前、こんなもん来てたから、それで俺が浮気したとかなんとか…っ」

合点がいったように、彼は言った。

「わかった。犯人は、柏崎だ」

「えっ!?」

唐突に決めつけられて、透は仰天する。

「な、なんで?」

「そんなもん、決まってんだろーが。俺とお前のこと知ってんの、あいつだけだろ?」

「……それは違うだろう」

匡が冷静に突っ込んだ。

「あの人が、透にこんな悪意をぶつけるわけがない。嫌がらせされるんなら、お前のほう」

なんでだよ、と涼司が唇を尖らせる。

「そうだよ。部長は関係ない。相談にも乗ってくれてたんだし…。俺、涼司の元彼女とか現彼女とかだと思ったんだ」

「ちょっと待て。お前さ、この手紙のことも柏崎に相談してたのか? なんで俺にしねーんだよ? 昼休みには、こんなもんが来てるなんてひとっことも言わなかっただろーがよ」

聞き逃さずに、涼司が絡んでくる。

「お前に言うと、そうやってギャーギャー騒ぐから、言えなかったんだよな、透」

匡がフォローするように言ってくれたが、それはかえって火に油を注ぐようなものだった。

「おかしいじゃねーかよ。これには、俺と別れさせるって書いてあるんだぜ？　当事者は俺と透だろ？　なのになんで俺にはなんにも言わずに、部外者の柏崎に言うんだよ」

「部外者のほうが的確な助言をくれたりするからな」

感情的になり始めた涼司に、匡は宥《なだ》めるでもなくさらりとそんなことを言う。二人の間で、透はオロオロするばかりだ。

「だいたいさァ、お前と柏崎ってなんなんだよ」

「……なにって…部活の…」

「それだけかよ？　それだけで、お前…」

「シッ」

ふいに匡が、唇の前に人差し指を立てた。透と涼司は、条件反射のように一瞬黙り込む。

「……なんだよ？」

「透――あいつ、知ってる？」

匡は目線だけで、少し離れた場所にいる男子を示す。

柱の陰に隠れるように、一人の男子生徒がこちらを窺っていた。

「あ…」

うん、と透は頷いた。

「後輩だよ、美術部の。俺になんか用かな」

「自分のしたことで、状況がどうなったか気になって見にきたってとこかな」

抑揚なく、匡が言う。

「え!? それ、どういう…」

「あいつ……この前、透と柏崎が美術展行ったって教えたヤツじゃん。——あいつか!? こんな陰険な真似しやがったのは…!」

いきなりいきり立った涼司を、透は慌てて止める。

「まさか。そんなはずないよ」

「じゃあ、聞いてみようぜ」

我先にと飛び出した涼司の襟首を摑んで突き飛ばし、匡が足速に男子生徒——石原に近づいた。

三人が近づこうとするのに気づき、石原はくるりと踵《きびす》を返し、駆け出そうとする。

「この野郎」

今度は止める暇もないほどのすごい勢いで飛び出した涼司が、あっという間に石原を捕まえる。

「……アタリじゃない? 慌てて逃げ出すところを見ると」

匡の囁きに、透はもう一度「まさか」と呟いた。

「あいつ、さっきからずっとこっち窺ってたんだよ。とにかく話を聞いてみるか」

「で、でもさ、…ってことは、石原は涼司のことを…？」

いったいどんな接点があるというのか。一年の石原と、涼司はほとんど面識がないはずだ。いや——涼司はとても目立つから、こっそり片想いしている相手が女子だけとも限らない。現に透だって、ずっと彼を想っていたのだ。

石原が透と同じように、美術室の窓からプールを見下ろし、水泳部の活動中の涼司に熱い視線を送っていなかったとは言い切れない。

涼司に捕まえられた石原は、観念したように俯いて動かない。

美術部の中でも、真面目なタイプの後輩だった。お喋りしている一年たちの間にいても、熱心にスケッチブックに向かっていた。入部した時に、小さいころから絵が好きなのだと、伏し目がちに自己紹介した姿が印象的で、その言葉を裏切らないように、最近も一生懸命啓吾の意見を聞いたりしていた。

「……石原、どうして？　これ、本当にお前が…？」

信じられないと思いながら、透は聞いた。

「違うよね？　こんな手紙、知らないだろう？」

石原は黙っている。

「涼司、手ェ離してやって。痛そうだ」

「バーカ、手ェ離したら逃げるだろーが」

「だって、石原じゃないんだよ」

「俺だよ」

透の言葉に被《かぶ》るように、ふいに石原が口を開く。

「え…」

「それ、出したの、俺だよ。もうわかってんだろ！」

自棄になったように、石原は喚《わめ》いた。

「テメェ、いったいなんの恨みがあって…」

涼司が彼の首を締めあげようとする。

「……嘘…。俺、知らなかった。まさか石原が涼司のことを好きだったなんて…」

止めなきゃ、と思いながらも、透は呆然と呟いた。その途端——。

「バッカじゃねーのッ！」

怒鳴ったのは、意外なことに石原だった。

「俺がこんな節操なしのケダモノ、好きになるわけないじゃん！　舞木先輩、趣味悪すぎ。友達なら、こいつが今までどれだけ女の子食い散らかしてきたか知ってるだろう？　わかってて、こんな男がいいなんてどうかしてる」

いきなり捲し立てられて、透は目をパチクリさせる。一瞬、石原がなにを言っているのか理解できなかった。

「……間違っちゃいないが、随分な言われようだな、おい」

匡がシミジミと言いながら、涼司の腕を肘《ひじ》で小突く。

「俺……節操なしか？」

「たぶん」

ぼそぼそ話している二人には構わず、石原はまっすぐに透を睨みつけてなおも言った。

「どう比べたって、柏崎先輩のほうがいいに決まってる。柏崎先輩を振って、こんなヤツとつきあうなんて…！　俺、絶対許さない。柏崎先輩を傷つけたこと後悔させてやるからなッ」

言うだけ言って、彼はさっさと身を翻し駆け去ってしまった。

あとには、呆然と立ち竦む三人が残された。

「……今の、どういう意味？」

誰に聞くでもなく、涼司がぽつりと口にする。

「お前が女の子を食い散らかしてきたって？」

匡がおかしそうに言った。

「いや、そうでなくて。……あいつ、透が柏崎を振ったって言わなかったか？」

「言ったな」

「どういうことだ？　柏崎は透の部活の先輩なだけじゃなかったのか？　前につきあってるって言ったのはカムフラージュじゃなくて…」

「それは…！」

透が慌てて言いわけしようとするのとほぼ同時に、匡が助け船を出す。

「あれだろ、柏崎さんが勝手に透に惚れてただけで、透のほうはそうじゃなかったんだからさ」

「柏崎が、透に惚れてた？　マジかよ、チクショウ」

腹立たしげに涼司が吐き捨て、下駄箱を蹴り上げた。

「落ち着けよ。透を好きな人間がいたって、おかしくないだろう。だいたいお前に透を責める筋合いは…」

「べつにそういうこと言ってんじゃねーよ。実際あいつとどういう関係だったのかって聞いてんだ。あいつが自分を好きだってわかってて、恋人役を頼んだのかってことだよ。どうりでやけに本物っぽいと思ったんだ。あいつは本気だったんだよ。透はカムフラージュのつもりでも、あいつは下心でギラギラしてたんじゃねーかよ」

「部長は、そんなんじゃないよ！」

思わず透が声を上げる。

「なんで庇《かば》うんだ、バカ」

「……場所変えたほうがよくないか？　一応学校だし」

匡が冷静に告げ、涼司はそっぽを向き、透は頷いた。


涼司はずっと黙り込んでいる。

家に着くなり、匡に「お前、邪魔だから帰れ」と高飛車に言い放ち、匡は透を心配しながらも結局は二人の問題だからと帰ってしまった。

取り残された透は、涼司とどう話をしたものかとさっきから考え続けている。考えたところで、肝心の涼司がむっつりとしたままなので、どうしようもない。

「…涼司」

時間を置いてから話したほうがいいのかも、と透はおずおず声をかけた。

「俺、今日は帰…」

「お前、知ってたの？」

透に最後まで言わせず、涼司が不機嫌そのものの口調で聞いた。

「え？」

「柏崎が、自分のこと好きだって知ってて、カムフラージュの恋人役頼んだわけ？」

「違うよ」

即座に否定する。

「俺を好きなんだってことは……知ってたけど、それは恋人役頼んだあとだし…頼んだ時は知らなかった。知ってたら、頼めないよ」

フーン、と涼司は気のない返事を寄越す。

「じゃあ、いつわかった？」

どうしてこんなことに、涼司は拘《こだわ》るんだろうかと、透は思わずにはいられない。匡が言うように、透の気持ちは涼司の上にある。だったら、啓吾がどう思っていようと関係ないはずなのに。

「いつって……それはちょっとしてから…」

「なんでわかった？　お前、あいつになんかされただろ？　なにされた？」

「な…」

ギョッとして、透は言葉を呑み込んだ。

確かに——啓吾には一度だけキスされた。一緒に出かけたプラネタリウムで、涼司を想ってつい涙ぐんでしまった時に、彼は慰めるようなキスをくれたのだ。もちろんそれで彼の気持ちがわかってしまったわけで、恋人ごっこは続けられなくなったのだけれど——。

「……なんでそんなことばっかり聞くんだよ」

答えずに、反対に聞き返す。

「べつに。聞きたいだけ。……あいつ手ェ早そうだし、恋人のふりするなんていい口実で、速攻でモノにしそうじゃん」

「部長はそんな人じゃないよ」

「優しく相談に乗ってくれる、いい先輩？　んなもん、意味もなく親切にするわけねーだろ」

けんもほろろに吐き捨てられて、さすがに透もムッとする。

「涼司は部長のこと、先入観で決めつけてるんだろ！」

「悪いかよ」

「そんなの…」

決まってるだろう、と最後まで言えなかった。ふいに伸ばされた手が透の腕を摑み、強く引っ張ったのだ。

あっと思った時には、勢いよく巻き込まれてベッドに引きずり上げられてしまう。

「涼司っ」

彼はものも言わずに、透にのしかかってきた。強引なのは珍しいことではないけれど、それでもいつもならちゃんと透のことも高めてくれる。それが今日は自分の快感だけを追いかけようとしている。

性急に身体を繋《つな》ごうとする涼司のやり方に、透は悲鳴を上げた。

「や——だっ、嫌だ、こんなの！」

熱い脈があてがわれて、ぐりっと先がねじ込まれる。鈍い痛みが走って、身体が強張った。

「……ひどい、やめろよ！　涼司にとって、俺ってなんなんだよ。やりたいようにやれる人形？　こんなふうに扱われて、俺がどう思うとか関係ないわけ？　俺が傷つくとか、考えてくれないの？」

「お前はどうなんだよ」

ふいに彼は、冷静な声を出した。

挑みかかるようだった動きを止めて、上からじっと透を見下ろしている。

「勝手に俺が浮気してるとか決めつけて、俺にはなんも言わずに、自分のこと好きだってわかってる男に無防備に相談して、それで俺は傷つかねーと思ってんのか？」

考えてもみなかった反撃に、透は愕然《がくぜん》と涼司を見上げる。

彼がこんなふうに考えていたなんて、思いもしなかった。

「なんで信じてくれないんだよ？　そりゃ俺は節操ナシで信頼感ゼロかもしれねーけどさ。でも、好きだって言ったろ？　お前のことしか考えらんなくなってるって、言ったよな？　何度も寝てんのに、まだわかんねーのかよ」

信じろよ、と涼司は訴える。

「俺のこと、信じろよ。浮気なんかしねーから。透のことしか見てねーし、こんなに……好きだから。頼むよ」

「涼司…」

両手を伸ばして、涼司の首に巻きつける。引き寄せるように抱きついて、耳元で「ごめん」と囁いた。

「……ごめん、信じてないわけじゃないんだ。信じたかったよ。信じてたよ。でも……俺ばっかりが、涼司のこと好きなんだと思ってたから…」

「バカ野郎、いつの話だよ。そんなの、もう何年も昔だろ」

ほんの数ヶ月前だよ、という言葉は言わずにおいた。

久しぶりの——実際にはほんの数日なんだけど——キスに、透は胸の奥が震えるのを感じた。

もう何度も寝ているのに、彼に触れられるだけでどうしようもなく嬉しくて、身体中で応えそうになる。

たとえばさっきみたいに、力ずくで犯されたとしても、どんなにつらくても傷ついても、腹を立てても——きっと最後には彼を許して受け入れてしまうのだろう。そんな自分をバカだと思いながらも、それでいいんだという気もしていた。

そして涼司もまた、きっと透を最後まで本気で乱暴には扱えない。

そう透に信じさせるような優しい手つきで触れられ、包み込むみたいに抱きしめてくれる。

ついさっきの性急さが嘘のように、涼司はゆっくり時間をかけて透を抱いた。身体を開いて、丁寧に慣らしてから彼は静かに押し入ってくる。

「……ん…っ」

思わず、声が洩れる。

「悪い、まだ早い？」

心配そうに、涼司が聞いた。

「ううん、平気…」

透は詰めていた息を、はあっと吐いた。

内臓がせり上がるような圧迫感はどうしようもないけれど、もう痛みはない。

涼司の背中にしがみついたまま、目を閉じて呼吸をあわせる。

「三日分だな」

悪戯っぽく囁いた涼司に、透は笑って頷いた。

□■□

とにかく、石原《いしはら》と話をしてみよう。

そう考えて、翌日の昼休み、透《とおる》は一人で一年の教室を訪ねた。

涼司《りょうじ》は「俺も行く」と言い張ったのだけれど、それは匡《ただし》が止めてくれた。曰《いわ》く、

「お前が行くと、収まるもんも収まらないだろう?」

不服そうだったけれど、涼司もある程度自覚があるのか「気をつけろよ」とだけ言って透を送り出してくれた。

とはいえ、どこからどう話をしたものか、透自身それはまだよくわからない。

「石原、呼んでくれる?」

教室の後ろ扉あたりに固まっていた女子に頼むと、すぐに彼を呼んできてくれた。

石原は、透の顔を見るなり嫌そうな表情を浮かべる。

「……なんですか」

「ちょっといいかな、えーと……屋上に…」

「この寒いのに」

冗談じゃないと言いたげな口調だった。昨日涼司と似たような会話を交わしたな、と思いつつ透は粘ってみる。

「でも……あんまり他人に聞かれたくない話だから」

「だろうね」

じゃあしょうがないかな、と聞こえよがしにため息をついて、彼は透のあとについてくる。

屋上に出ると、今日も冷たい北風が吹いている。早めに話を終わらせて校舎内に戻りたいな、と透は思った。

「……単刀直入に聞くけど、石原は部長…じゃなかった、柏崎《かしわざき》先輩のことが好きなんだよね？　それで…」

「俺、あんたらとは違うよ」

吐き捨てるように石原が言う。

「俺は、柏崎先輩のことを尊敬してるだけだ。すごい絵を描くし、性格もいいし。いつも優しくて、頭もよくて……立派な人だ。俺にとっては、神様みたいな人なんだ」

盲信的な言葉に驚くと同時に、ちょっとだけ拍子抜けした。では、嫉妬《しっと》に駆られて透に嫌がらせをしたというのではないのか？

「……そう」

言われてみれば、石原が啓吾を好きなら、透にほかに恋人がいたほうがいいだろう。振ったからと文句を言われても、恨まれるほどではないはずだ。

「その立派な神様みたいな人の気持ちに応えられないなんて、バカだなって思ってるわけだ？」

透が言うと、彼は「わかってるんじゃん」と頷《うなず》いた。

「でもさ、好きになってもらったからって、その相手を同じように好きになるとは限らないよね。同じ気持ちを返さなきゃいけないわけでもないと思う。それがどんなに素敵な人でも、いい人でも」

「俺、だからあんたはバカだって思うんだよ」

「え…」

あんまりな言いように、透は硬直してしまう。これまで石原は、こんなことを言うようなタイプには見えなかった。

人は見かけによらないのかもしれない。

「あんなヤツ、どこがいいんだか」

「でも、お前、涼司のことなんにも知らないじゃん」

「知ってるさ。坂上《さかがみ》のノロケ、嫌っていうほど聞かされたんだぜ。そのくせあっという間に破局して、あげくにあいつはあんたとつきあってる。まったく、突っ込める穴があったらなんでもいいのかよ」

「涼司を悪く言うな」

咄嗟《とっさ》に、透は語気を強めていた。

石原がギョッとしたような顔をするのに、慌てて口を押さえる。

「あ……えーと——坂上って……坂上綾乃《あやの》さん？　前に涼司とつきあってた？　まさか、同じクラス？」

そうだよ、と石原はつまらなそうに呟《つぶや》く。

「そうだったんだ。……石原、もしかして…」

「あんな女は関係ねーよ。とにかく俺は、柏崎先輩に、平気な顔して恋愛相談なんか持ちかけてる、無神経で厚顔無恥なあんたが許せねーんだよ」

「それは……そうだね。うん、反省してる」

そのことに関してはまったくそのとおりだと思ったので、透は素直に頭を下げた。

「柏崎先輩が優しいからって、俺もついつい甘えてたんだ」

「呆《あき》れるよな。甘えてるって自覚はあるんだ？」

言葉にいちいち険がある。

やっぱりいくら話しても平行線なのかなあと、透は小さくため息を落とした。


ちょうどそのころ、涼司は美術準備室にいる啓吾を訪ねていた。

例の手紙の差出人が石原であったことを伝えると、啓吾は「信じられない」と目を瞠《みは》った。

「……信じる信じないは、あんたの勝手だけど。とにかく、透は話しあってみるって言って、石原に会いに行った」

「つまり、俺が舞木《まいき》を好きだったばかりに、迷惑をかけてるってことかァ」

しみじみと、啓吾は言った。

「こっちもあんたには迷惑かけてるけどな」

彼に対してまだ反感はあるものの、涼司は珍しく素直にそう口にする。

「これからは、今回みたいなことはもうないと思う。…っていうか、ないようにする。透があんたを頼らないように、俺、ちゃんとするつもりだし」

「ふぅん。…ちゃんと、ね」

「透をもう泣かせたくない。俺がしっかりしてねーと、あいつ我慢するばっかりで」

わかってるじゃないか、と啓吾が苦笑する。

「少しは成長したみたいだね。……じゃあ、行こうか」

「え？」

ふいに告げられて、涼司は「どこに？」と間の抜けた声を出す。

「どこって……舞木、石原と会ってるんだろう？　舞木一人に任せるなんて、可哀相《かわいそう》じゃない？」

さもあたりまえのような口調に、こういう気が自分は回らないんだなあと、涼司は密かに反省した。

昨日石原に「柏崎先輩のほうがずっといいのに」と言われたけれど、ある意味それは正しいかもしれない。それでも――。

透を想う気持ちなら絶対負けてない、と涼司は思った。

「透」

風に乗って涼司の声がするのに、透はハッと顔を上げた。

校舎に続く扉が開いて、涼司が駆けてくるのが見える。そして、その後ろから啓吾も姿を現した。

「……汚いな、加勢呼んだのかよ」

「違…」

「勝手に来たんだよ。バーカ」

挑発的な涼司の言葉に、石原はムッと眉を顰《ひそ》めた。

「石原」

啓吾に名前を呼ばれて、ずっと憎まれ口ばかり叩《たた》いていた石原が、ピクリと頬《ほお》を強張らせた。

「もうやめよう。……君が俺のためにしてくれてることでも、俺はあまり嬉《うれ》しくない。これでもし舞木が彼と別れることになったら、俺は申しわけなくて、舞木の顔が見られなくなるからね」

「どうして…」

「だって、俺が舞木に横恋慕したのが原因なんだろう?」

口調は穏やかだったが、彼にはつけいる隙《すき》がないように感じられた。

「……横恋慕…」

POST CARD

50円切手
をお貼り
下さい。

1 0 5 - 8 0 5 5 5

東京都港区芝大門2−2−1
徳間書店
キャラ文庫 愛読者係

住所	〒□□□-□□□□ 都道府県		
氏名		年齢 歳	女・男
職業	①小学生 ②中学生 ③高校生 ④大学生 ⑤専門学校生 ⑥会社員 ⑦公務員 ⑧主 婦 ⑨アルバイト ⑩その他( )		

ご購入書籍タイトル	
《いつも購入している小説誌をお教え下さい》 ①小説Chara ②シャレード ③小説Wings ④小説ショコラ ⑤小説JUNE DX ⑥小説Dear+ ⑦小説花丸 ⑧小説BEaST ⑨小説b-Boy ⑩小説LAQIA ⑪小説リンクス ⑫その他( )	

徳間書店Charaレーベルをお買い上げいただき、ありがとうございます。このアンケートにお答えいただいた方から抽選で、Chara特製オリジナル図書カードをプレゼントいたします。締め切りは、2004年8月31日(当日消印有効)です。ふるってご応募下さい。なお、当選者の発表は発送をもってかえさせていただきます。

キャラ文庫　愛読者アンケート

◆この本を最初に何でお知りになりましたか
①書店で見て　②雑誌広告(誌名　　　　　　　　　　　　　　　　　　　　　　)
③紹介記事(誌名　　　　　　　　　　　　)　④その他(　　　　　　　　　　　　　　　)

◆この本をお買いになった動機をお教え下さい
①著者のファンだった　②イラストレーターのファンだった
③タイトルを見て　④カバー・装丁を見て　⑤雑誌掲載時から好きだった
⑥内容紹介を見て　⑦帯を見て　⑧広告を見て　⑨前巻が面白かった
⑩人に勧められて
⑪その他(　　　　　　　　　　　　　　　　　　　　　　　　　　　　　　　　　　)

◆6月発売のChara関係の出版物であなたは何をお買いになりましたか？
①Chara8月号
②キャラ文庫(タイトル　　　　　　　　　　　　　　　　　　　　　　　　　　　)
③Charaコミックス(タイトル　　　　　　　　　　　　　　　　　　　　　　　　)

◆あなたが必ず『買う』と決めている小説家は誰ですか？
[　　　　　　　　　　　　　　　　　　　　　　　　　　　　　　　　　　　　　]

◆あなたがお好きなイラストレーター・マンガ家をお教え下さい
[　　　　　　　　　　　　　　　　　　　　　　　　　　　　　　　　　　　　　]

◆Charaレーベルの出版物（キャラ文庫・Charaコミックス）であなたがドラマCD化してほしいと思う作品はなんですか？
作品名(　　　　　　　　　　　　　　　　　　　　　　　　　　　　　　　　　　　)

◆この本をお読みになってのご意見、ご感想をお聞かせ下さい
①良かった　②普通　③あまり面白くなかった
———理由———
[　　　　　　　　　　　　　　　　　　　　　　　　　　　　　　　　　　　　　]

ご協力ありがとうございました

「そうだよ。もともと俺は出遅れていたんだ。……もっとも、遅い早いの問題じゃないけどね。俺が先に好きになっていたんだとしても、舞木は俺を選ばなかったと思うよ」

石原は黙って項垂《うなだ》れた。その肩をそっと押し、「行こうか」と啓吾が歩き始める。

少し歩いてから肩越しに振り返り、彼は透に向かって軽くウィンクした。

「……相変わらず、気障《きざ》っちーの」

二人の姿が校舎内に消えてから、涼司は深い息をついて呟く。

「涼司」

窘《たしな》めるように口にして、透はふふ、と少し笑った。

「まさか来てくれるとは思わなかったな」

「うん？　んー……まーな…」

嬉しかった、と透は言った。涼司はちょっと居心地の悪そうな表情を浮かべたものの、なにも言わずに肩を竦《すく》める。

「でも、あいつ大丈夫かな。……お前、部活であんな後輩と来年も一緒なの、平気？」

うーん、と透は低く唸《うな》る。

「たぶん……大丈夫」

本当に？　と涼司が顔を覗《のぞ》き込む。彼が心配しているのは、透がこの先も嫌がらせを受けるのではないかということと、石原が他の部員に二人の関係を吹聴《ふいちょう》するのではないかということだろう。

「石原がベラベラ喋《しゃべ》るようなヤツなら、もうとっくに喋ってると思うんだ。俺にあんな手紙を寄越すような回りくどいことするよりも、みんなに言ったら、俺、いたたまれなくって学校に来られなくなるじゃん?」

でも彼はそうしなかった、と透はつけ加えた。

「……まあ、それはそうかな。あいつがこの先もお前になんかするようなことがあっても——俺が守ってやるし」

「えっ」

思わず声を上げた透に、涼司は憤慨したようすで唇をへの字に曲げた。

「なんなんだよ、その驚きようは。俺、変なこと言ったか?」

「いや……涼司が俺を守ってくれるって……幻聴?」

「んだとォ、このっ、失礼なヤツめ!」

ごっつんと拳を頭に落とされて、透は笑ってしまった。怒られているのに、それはなんて甘くて嬉しい響きだろう。

「守るよ、絶対」

ふいに涼司は真面目《まじめ》な声を出した。

だから、透も素直に頷く。

「……じゃあ、涼司がなにかされたら、俺が守るね」

「んー……透に守ってもらわなくってもなあ。俺、自分の身ぐらい自分で守れるし？」

「失礼なのはどっちだよ」

クックッと笑いあって、なんとなく身を寄せた。

風はまだ冷たいけれど、だからこそ触れあっている暖かさを嬉しいと思える。

「あのさ」

校舎に戻ろうと歩き出し、涼司は思い出したように口にする。

「もう一度念のため言っとくけど、俺、絶対浮気しねーから。本気だから、透とのこと」

途端に、心に痺《しび》れるような甘酸《あまず》っぱさが広がって、透は一瞬言葉を失った。

「聞こえた？」

焦《じ》れるようにつけ加えられて、うん、と頷く。

「ちゃんと信じてくれるか？」

その問いかけにも、透は頷いた。涼司は照れたように笑って、扉に手をかける。

「涼司」

引き止めるでもなく、透は呼びかけた。

「ん?」

「俺……この先なにか悩んだり、困ったりした時は、一番に涼司に相談するから。その悩みの原因が、涼司のことだったとしても。いろいろ勝手に想像してへこむ前に、なんでも涼司に聞く。ちゃんと聞くから、ちゃんと答えてほしい。それで…」

あったりめーじゃん、と涼司は嘯《うそぶ》いた。そうして透に向かって、手を伸ばす。

「俺も。……匡のクソになんか言われても、全部お前と相談して決める。黙って行動すると、また誤解されるし?」

「もうしないよ」

伸ばされた手に摑《つか》まって、わざと膨れっ面を作った透の頬に、涼司は素早くキスをした。

風が頬を掠《かす》めるような密やかなキスに、自然に唇が綻《ほころ》んでしまうのを、透は止めることができなかった。

俺にだって悩みがある

いったいどうして、今までは気にせずにいられたんだろう、と思う。気づかなければ気づかないで、気にせずに通り過ぎてこられた。それがいったん気にし始めると、どうしようもない。気になって気になって、しょうがない。

俺にとって、それは——舞木透《まいきとおる》と彼に関わるすべてに対して、だ。

だいたい、知らないことが多すぎる。

ただの友達でいたころは、どうってことなかった。べつに知らなくったって、たいした問題じゃなかった。だけど、今は違う。

強引に身体を繋《つな》いで、透を愛しいと思い、独り占めしたいと考えて……そうすると、これまでの自分の無神経さや気づかずに通り過ぎてしまったなにもかもが、反省を通り越して腹立たしくさえ思えてくる。また、それを平気な顔をして——実際には全然平気じゃなかったんだろうが——許してきた透も悪い。なんだってあいつはいつも、ああやって一人で抱え込んで我慢しちまうんだろう。……いやいや、これは八つ当たりだ。

これからはあいつにそんな思いをさせないように、俺が気をつけてやらなきゃいけないのだ。わかっているのに——これがまた、なかなか思うようにいかない。

「涼司《りょうじ》。……どうしたよ、難しい顔して」

部活のミーティングを終えて帰ろうとしていたら、下駄箱の前で偶然山内匡《やまうちただし》と鉢あわせた。

三学期も残り僅《わず》か。一足先に三年生は卒業し、学期末試験が終われば俺たちも終業式だ。

「あー……匡か。お前も、今帰り？」

「おう。透は？」

姿が見えないのを訝《いぶか》しむように、彼は聞いた。俺のそばにいつでも透がいるのは、いつのまにかあたりまえになっているんだろう。

「授業終わるなり、ソッコーで帰った。今日は、美術部のお別れ会があるんだって。聞いてなかった？」

「お別れ会」

復唱して、匡はププッと笑う。

「……なんだよ」

「壮行会とか、送別会って言えよ。幼稚園児じゃないんだからさァ」

知るかよ、とそっぽを向く。だって、透がそう言ったのだ。どこかの店で、美術部のお別れ会をやるから先に帰るね、と。

「今ごろやってんのか。普通、卒業式の前にやるんじゃねーの？」

「知らねーっつーの。みんなの都合があわなかったとか言ってたぜ」

「ふうん……大丈夫なのかね。なんつったっけ……えーと、そう、石原《いしはら》」

「平気だろ。なんかあったら、俺がやっつける」

靴を履き替えながら、匡がフフンと鼻で笑った。どうも、癇《かん》に障る表情をするヤツだ。

「ま、今日は柏崎《かしわざき》さんもいるし、心配ねーな」

——表情だけでなく、言うこともいちいち小憎らしい。

「そーゆー嫉妬《しっと》丸出しの顔するなって」

「うるせえ」

ヘラヘラと楽しげな匡を無視して、俺は先に昇降口を出た。走って追いかけてくるでもなく、彼はゆっくりした歩調でついてきて、校門あたりで隣に並ぶ。

「で、なに悩んでんだよ。透のことだろ？」

揶揄《からか》い口調がムカつくけれど、ほかに相談できる相手もいないので、仕方なく口を開いた。

「……お前、透の誕生日知ってたか？」

「誕生日？　透の？」

いつだっけかな、と匡は眼鏡《めがね》の奥の目をパチクリさせている。

こんなものだ。いや、友達ならこんなんで普通だろう。女相手や、女同士ならともかく、男同士で誕生祝いなんかするのは、幼稚園かせいぜい小学校までだ。

「えーと……休み中とか言ってなかったっけ。夏休み……じゃないな、春だっけ？」

「そう。もうすぐだよ。三月二十七日」

「あ、ホント。それで？」

なんでもないように、匡はさらに聞いた。

……こいつに、俺の微妙な男心をわかれというのも無理な話か。

「昨年は忘れてたろ、俺ら。忘れてたっつーか、知らなかったっつーか」

「…って、俺、お前の誕生日だって知らねーぜ？　お前だって、俺の誕生日知らねーだろ？」

べつに匡の誕生日なんかはどうだっていいんだよ、と言いたかったが、怒らせるのもなんなので黙ってる。

「……そっかー、三月二十七日ねー。また気の毒な時期に生まれたなあ。春休み中なのはともかく、進級前っつーと祝ってもらいにくいよな」

「そうなんだよ」

思わず声に力が入った。

俺がそれに気づいたのは、マヌケなことにほんの数日前だったのだ。偶然透が生徒手帳を落としたのを拾ってやり、学生証に書かれている生年月日が、たまたま目に留まった。

「お前、もうすぐ誕生日じゃん」

と言ったら、透ははにかんだような笑みを浮かべて「うん」と頷《うなず》いた。

昨年は気づかずに過ぎてしまった。その前の年は、俺はまだ透を知らなかった。ちょうど季節の変わり目で、忘れられることが多いのだと続けて呟《つぶや》かれた言葉に、俺は絶対に今年は祝ってやろうと思ったのだ。

匡は、ふーん、とわかったような顔つきで俺を見た。

「なるほどな。それでなにをプレゼントしようかって悩んでるわけだ」

――そのとおりだ。こういうところ、こいつは勘がいい。

「……匡、あいつ、なんか欲しがってねーかな？」

「はあ？」

嫌そうに、彼は口を歪《ゆが》めた。

「なんで俺に聞くんだよ」

「リサーチだよ、ただの」

「本人に聞け、本人に」

冷たく吐き捨てたものの、彼はちょっと首を傾《かし》げて「無理か」と呟く。

「透のことだから、プレゼントなんかいいよーとか言って遠慮するんだろな」

「そう思うだろ?」

透は、変に欲がない。物に執着しているようでもないし、猛烈になにかを欲しがるような素振りも見せない。摑《つか》みどころがなくぼんやりしている、という感じだ。

「そういうとこ察してやんのが、恋人なんじゃねーの?」

シラケたように、匡が言う。

――そんなことはわかってる。だから、悩んでるんじゃねーかっつーの。

「怒んなよ。今までとは違うんだしさ、透だってわかってるだろ。どっか店連れてって、なんでもいいから買ってやるって言ってみれば? 最初は遠慮するかもしれないけど、今のお前になら甘えてくるんじゃねーか?」

そうかもしれない。でも、それじゃ駄目なのだ。

透を、びっくりさせたい。なにも言わなくても、あいつがなにを欲しがってるのかわかってやりたい。「すごい、涼司、どうして俺の欲しいものがわかったの?」と目を丸くして喜んでくれたら、最高だ。彼の喜ぶ顔は、俺にとっても誇らしい喜びだ。

そんな俺の胸の内を、口に出さずとも匡は察したらしい。アホらしい、と顔を背ける。

「……お前がやるものなら、鼻かんだティッシュでも喜ぶだろ、透は」

「バカヤロ、ゴミやってどうするよ」

「だからさァ、ゴミでもなんでも、お前が自分のために選んでくれたってだけで、透は喜ぶだろうって言ってんの。くだらねーことウジウジ考えてんなよ」

ウジウジ考えてて悪かったな、と唇を尖《とが》らす。

「だいたい、普段なんも考えてねーくせに、ここんとこやけにいろいろ悩んでて気持ち悪ィんだよ。そういうの、〝下手《へた》の考え休むに似たり〟って言うんだってウチのじーちゃんが言ってたぞ。考えてる暇があったら、画材店にでも行って絵の具の一本でも買ってやれば？　じゃあな」

先行くぞ、と彼はとっとと駆け出してしまった。

俺は一人ぽつんと取り残されて――冷てェの、と呟く。

もともと匡は透贔屓《びいき》だし、最初に透に強引に手を出したのをいまだに怒っているらしい。そりゃあ、俺のやり方は最悪だったし、反省してる。だからこそ、透を大事にしてやりたいと思ってるんだから、ちょっとぐらい相談に乗ってくれても罰は当たらないんじゃないかと思うのだ。……俺、甘えてるか？

いてほしい、と。

透が隣にいてくれるのがあたりまえだと思っているのは、俺のほうだった。いつでもそばに

足元の石をコンと蹴《け》り上げ、ノロノロと歩き出す。一人きりの帰り道は、なんだかうそ寒い。

「ちぇ」

だいたい透は、こんな俺のどこがいいんだろう?

自分で言うのもなんだが、あいつに対してはロクなことをしてきた覚えがない。ずっと前から俺を好きだったと言うけれど、どのあたりが好きなのかを聞いたことがなかった。

柏崎のことなら、聞いた。

つきあうことになったから俺との身体の関係をやめたい、と電話で告げられた時だ。あとであれは芝居だったと説明されたけど、あの時のショックといったらなかった。

俺はまだ自分の気持ちを自覚する前だったから、それがなんのショックなのかよくわからなかったのだけれど、それでも相当の衝撃だった。飼い犬に手を噛《か》まれた、というのはあまりたとえがよくないだろうか——でも、それが一番表現としては近い気がする。振り向きざまに冷水をぶっかけられたような、そんなショック。

柏崎とつきあうというのも驚きだったが、透の「ずっと前から部長のことが好きだったんだ」と言われたことがかなり応えた。あれは芝居とは思えなかった。

もしあれが電話じゃなく、目の前で言われたんだとしたら、俺はその場で透を押し倒していただろう。裸にひん剝《む》いて、無理やり犯したかもしれない。

今ならわかる。俺は——嫉妬したんだ。

透が俺以外の誰かを、以前から想っていたということに。俺に抱かれながら、そいつのことをずっと考えていたのかもしれないという事実を突きつけられて、悔しくてたまらなかった。

あとから「あれは嘘《うそ》」と言われても、まだ俺の心にはほんのちょっとわだかまりが燻《くすぶ》っている。演技で、柏崎のどんなところを好きになったかを嬉《うれ》しそうに語れるくせに、俺について詳しいことを告げようとはしない。

「そういえば…」

嫌なことに気づいて、足を止めた。

透から、俺にキスしてくれることもない。当然、抱いてほしいとも言わない。

透の気持ちを疑ってるわけじゃない。俺を描いたという絵の前で告げられた言葉は真剣で、ひたむきだった。でも——あれはどういう「好き」だったんだろう。

俺はまず、欲情した。

透のイク顔を想像して興奮したし、実際目の当たりにすれば愛しさが募った。三日も抱かなければイライラして、手が届く場所にいれば触りたくてしょうがない。

好きだったんだ、と気づいたのも、何度も何度も抱いたあとだった。身体が先行してた。

ああ、俺の身体ってば正直だったんだなあと我ながら感心したものだったけれど——透は身体よりも気持ちのほうが先行していたわけで……その時そこにセックスは存在してたんだろうか？

ただ俺を好きだというだけで、キスしたいとか抱かれたいとか思ったことはなかったんじゃないのか？　実際あいつだってあんな顔していても、一応立派に男なわけだし、抱かれたいと思うのは変な話だ。……とすれば、俺を抱きたいとか考えていたわけか？　いや……それも考えにくい。

つまり透の感情が、肉体的な繋がりを求めるまでには育ってなかったということなら——俺一人が先走ってるってことか？　抱かれたいとまでは思わないけど、好きな俺のしたがることだから黙って耐えてるとか？

そんな俺だから、頼りにならなくて、結局相談ごとは全部柏崎にして……いやいや、違う。相談ごとも、これからは俺にすると透は言ってくれた。……でも、あのあととくになにも相談されてない……いかん、考えがどうもマイナス方向に突っ走っている。こんなのは俺らしくない。匡の言うとおり、『下手の考え休むに似たり』だ。……チクショウ、休んでいるわけじゃねーぞ。

「……絵の具か」

ふと、匡が最後に「絵の具の一本でも買ってやれば」と言ったのを思い出した。

ホントに絵の具一本にリボンをかけてもらうつもりはないけれど、画材なら透だって喜ぶかもしれない。ダブったところで無駄にはならないだろうし、どうせなら使えるもののほうがいいだろう。

考えるより先に行動だ、と俺は自宅に向かっていた足を、くるりと方向転換した。

この時間なら、まだ駅ビルの画材店が営業しているはずだった。

あたりまえの話だが、画材店にはさまざまな画材が並んでいる。

学校の授業で美術を選択しているとはいえ、「これはいったいなにに使うんだ?」と首を傾げてしまうようなものもたくさんある。いや、大部分がそんな感じだ。

だいたい普段俺が使うような画材は、こんな専門店に来なくてもごく普通の文房具屋に行けば充分揃えられるようなものばかりだ。読めないような横文字で表示された絵の具なんか、いったいどんな色なのかもよくわからん。

「絵の具ったって、どれ買えばいいんだか…」

正直、途方に暮れた。

箱で買おうか？　それとも、単色を組みあわせてみる？　透の好きな色を——……透は何色が好きだった？

なんとなくブルーのイメージが強いのは、年末に見せられた絵の影響だろうか。

俺の背中だ、と言った。さまざまな青い色が複雑に絡みあった、〝欲望〟と名づけられた絵。

俺の背中に欲望を感じてくれるということは、彼も俺に対してちゃんと欲情してるってことなんだろうか。

なんとなくまたそんなことを考えていると——。

「あれ」

……あまり聞きたくない声が、耳を過《よぎ》った。

「げっ」

声がしたほうにちらりと視線を向けるなり、つい俺の口からはそんな呟きが洩《も》れてしまう。

「……げっ、はひどいな。珍しいね、こんなところで。……舞木と待ちあわせ？」

澄ました顔をして、柏崎啓吾《けいご》が近づいてきた。透がいるのかと確認するように、周囲をぐるりと見回している。制服ではなく私服なせいか、どことなく大人びて見えるあたりがまた憎らしい。

「そんなわけないか。さっき、駅で別れたところだし……なにも言ってなかったもんなあ」

だったらわざとらしいことすんなよ、と言いたくなるのをぐっと堪《こら》えた。

柏崎の手には、小さな花束が提げられていた。『お別れ会』だと言っていたから、後輩からの贈り物というところだろう。俺からすれば、花なんか貰《もら》った日には街中をうろうろしたりせずに速攻で家に帰りたいと思うところだが――それ以前に、俺に花を贈るようなヤツはいないのだが――、柏崎はとくになんとも思っていないのか照れた様子はない。また花束が似合ってしまう雰囲気なのだから、なんとも気障《きざ》で嫌な男だなあと再認識してしまう。

「ああ、これ？　綺麗だろう。みんなが記念にってくれたんだけど、せっかくだから帰ったら描こうかなーと思ってね。足りない色があったのを思い出して、買いに来たんだよ」

ちらちらと花束に目をやっていたのに気づいて、柏崎はクソ丁寧にも画材店に立ち寄った理由まで説明してくれる。

「あー、そーですか」

興味はない、というのをあからさまに口調に含めた。

「君は？　君もなにか描いてみたくなった？　それとも、舞木のおつかいかな」

仲よく喋《しゃべ》るような間柄でもないのだから、とっとと絵の具でもなんでも買って帰りゃあいいのに、彼は探るような眼差しを向けてくる。

「べつに」

ぶっきらぼうに吐き捨てた。

「ふうん。……まあ、俺には関係ないけど」

――じゃあ聞くなよ、という言葉を飲み込む。

「……この色、舞木が好きでよく使ってるよね。ここから、このあたり……知ってた？」

柏崎は、まるで俺の心を見透かすように、ふいに棚に並んだ絵の具を指差した。聞いたこともないメーカーの、ぶっといチューブだ。

そうなのか、と思う一方で、さも〝俺の方が舞木透のことをよく知っている〟と言わんばかりの彼の態度に、ムカッとしてしまった。

透の好きな色なら、買ってやりたい。だが、柏崎に指摘されたものなんか死んでも買わねェ。そんな葛藤《かっとう》が胸を過って、つい感情的な言葉が口を突いて出る。

「あんたさ、まだあいつのことあきらめてないのか？」

「あきらめる？　どうして？」

「どうしてって……透は……！」

わかってるよ、と柏崎は小さく笑った。

「君とつきあってるのは百も承知してるけど。……だからって、好きでいるのをやめる理由にはならないんじゃないか」

「あんたなァ…」

「舞木の気持ちを無視して、どうこうする気はない。俺の気持ちは俺のものだし、好きでいるのをやめるやめないは俺の勝手だ。そうだろう?」

ある意味正論だが、どうにもムカツクのは止められない。

「じゃあ、俺のいないところで、透にちょっかい出すなよ」

一応釘《くぎ》を刺そうと思ったのだが。

「それは約束できないなあ。舞木は君の所有物じゃないだろう? 単なる恋人。俺は、彼の先輩だし、いざという時には力になってやりたいからね」

「いざって時には俺がいるんだよ!」

もうこれ以上話していられるか! とばかりに踵《きびす》を返し、絵の具が並んだ棚から離れる。

せっかくプレゼントを買うつもりだったのに、とんだ邪魔が入ってしまった。最悪だ、と店を出ようとした時——優しい色がふっと視界を通り過ぎた。

なんだろう、と足を止める。

目に入ってきたのは、出入り口近くに貼《は》られた一枚のポスターだった。優しい色合いの、柔らかな絵だ。いや、それは絵というのではなく、単なる色見本のようなものらしい。

それに使われているらしい画材——パステルの箱が、ポスターの下の棚に何種類も並べられている。

優しくて綺麗な色が、透に似合いそうな気がした。

「お先に」

目的の絵の具を購入したらしい柏崎が、さっさと俺の横を擦り抜けて、先に店を出ていった。

気障ったらしい後ろ姿を横目で睨《にら》み、俺は目の前のパステルの箱を手に掴むと、レジに向かって引き返す。

値段を確かめてなかったばかりに、レジで告げられた金額に思わず声を上げそうになった。

小遣いを貰ったばかりだからよかったものの、危うく出直さなければならないところだった。

こんな醜態をもし柏崎に見られようものなら、憤死ものだ。

□■□

目当てのものを手に入れてしまうと、誕生日まで待ち切れなかった。

どうも俺は〝待つ〟ということが苦手で、ついせっかちにバタバタと行動しがちなのだ。わかっちゃいるが、早くこれを受け取った時の透の顔が見たくて、学校帰りに家に誘った。試験前なんだけどなあ、とぼやきながらも、透は黙って俺についてくる。どうせ、やるために誘ったぐらいに考えてるんだろう。

いつもなら玄関の鍵《かぎ》をかけるのももどかしく抱きしめるところだが、今日はぐっと堪えて部屋へと向かう。いつもと様子が違うのに気づいて、透は警戒したような顔つきになった。

「透、こっち」

「……うん」

「なに警戒してんだよ。ほら、目ェ瞑《つむ》って、手ェ出して」

「ええ?」

なんで、と聞くのを無視して、目を閉じさせて両手を前に差し出させる。

「涼司、なに…」

掌の上に、綺麗にラッピングしてもらったパステルの箱を載せた。

「いいよ、目開けて」

透は不思議そうに目をパチクリさせて、掌の上の包みを見る。

「これ…?」

「ちょい早いけど、誕生日おめでとう。誕生日当日は、デートしような。とりあえず、先にプレゼント渡したくてさ」

「嘘——ホントに？　いいの？」

滑らかな頬《ほお》がぱあっとピンク色に染まった。——なんて可愛《かわい》い。

彼がこんなに可愛いなんて、ただの友達だったころには気づかなかった。いったいいつ、スイッチが切り替わったんだろう。今はもう、見るたびに可愛くて愛しくて、そこらじゅうあますところなくキスし捲《まく》りたい気持ちなのに。

「開けていい？」

もちろん、と頷く。

透は丁寧にリボンを解き、包み紙を破かないよう気を遣いながらテープを剥《は》がす。もたもたとまどろっこしい手つきなのだが、取り上げて破きたくなる気持ちを抑えて、おとなしく彼のすることを見守った。

「……あ…」

中身を見た瞬間、透の口がぽかんと開いた。そのまま呆然《ぼうぜん》としたみたいに固まっている。

——もしかして、外したか？

嫌な汗が、背中を流れた気がした。

「……そーゆーの、使わねェ？」

おそるおそる聞いてみる。

「え、ううん、えっと…」

ハッとしたように透は顔を上げて、ふるふるとかぶりを振った。でも、どう見ても、俺に気を遣ってるのがみえみえの態度だ。

「悪ィ、俺、画材のこととかよくわかんねーから。なんか色が綺麗だなーと思って、透に似合いそうな気がして……いらなかったら捨てちゃって…」

「なに言ってるんだよ！　こんな高いもの！」

そうじゃないよ、と透はぎこちない笑みを浮かべた。

「ソフトパステルは確かに使ったことないんだけど、機会があったら欲しいなって思ってたんだ。でも、買うにはなかなか勇気が入って……しかも、こんなにたくさんの色」

愛おしげに、彼の指が並んだパステルの表面を撫《な》でる。

「綺麗だ…」

「嬉しい？」

顔を覗《のぞ》き込むように聞いてみると、彼はちょっと困った顔をした。

「……ホントに貰っていいのかな。だって、高かったろ？」

「バカ、そんなこと気にすんなよ。そりゃ、財布はカラになっちゃったけどさ。いいんだよ、透が喜んでくれるんならさ」

さりげなく肩に手を回して、緩く抱きしめてやる。それでもまだ透の表情は固い。

「嬉しくない？」

「嬉しくないわけないよ。俺……涼司がくれるんなら、どんなものでも嬉しいよ」

「それじゃ駄目だって！」

つい、声が大きくなった。

透はびっくりしたように、零《こぼ》れそうな目を見開いている。

「あ――ごめん」

「……なんで駄目なんだよ？　だって、涼司が俺の誕生日覚えててくれて、プレゼント選んでくれたってだけで嬉しいじゃん。俺のこと考えて、いろいろ……探してくれる、気持ちみたいなのが…」

「だからァ、そんなんじゃ駄目なの。俺は――お前に喜んでほしいんだって。お前の欲しがるもん、全部俺がやりたいんだよ」

「涼司…」

ことん、と彼の頭が肩口に凭《もた》れかかってきた。

「……すごく嬉しい。ありがと」

「それ、本気で言ってる?」

「あたりまえだろ」

「じゃあ……お礼にチューして」

言った途端、透はきょとんと顔を上げた。間近で視線がかちあう。

「な…」

──シマッタ。なんで俺はこう、考えてることがすぐに口に出ちまうんだろう。

「……今のナシ。強制して、してもらうんじゃ意味ねー」

「涼司?」

いいよ、キスでよければ──透が囁《ささや》いた。

ゆっくり近づいてくる魅力的な桜色の唇から、俺は慌てて顔を背ける。

「ナシって言ったろ。俺はさ、……お前がしたいって思った時にしてほしいんだ。いくらお前が俺のこと好きでも、なんでもかんでも俺の言いなりになることなんかねーんだよ。嫌な時は嫌って言っていいんだし、やりたくないこと我慢することない。お前が拒んでも、俺はお前のこと嫌いになったりしないから。すげー好きだから」

視線を背けたまま、捲し立てた。

「涼司、なに言ってんの?」

途方に暮れた声がする。ああ——また困らせてる。結局俺ってば駄々っ子みたいだ。これじゃあ、また柏崎の野郎に嘲笑《ちょうしょう》されちまう。

包容力のある、頼れる男になりたいのに、結局俺ってば駄々っ子みたいだ。これじゃあ、ま
「俺……我慢なんかしてないよ。べつに涼司の言いなりになんか…」

宥《なだ》めるように透が言うのに、だから俺の機嫌を取る必要なんかないんだってばよ、と声を荒らげそうになった。さすがにそれは抑え込んで、できるだけ冷静な口調を保つ。

「してるだろ。お…お前から、キスしてくることとかないし、誘うのはいつも俺だし。いや、べつに責めてるわけじゃないからな! お前だって……そりゃムチャクチャ可愛くても、一応男なわけだから、男にされるの抵抗あるだろうしさ。今さら、俺がこんなこと言うの変だけどっ」

「……一応男……って…俺、なんか複雑なんだけど…」

眉間にきゅうっと皺《しわ》を寄せて、透は俯《うつむ》いてしまう。

チクショウ、そんな顔すると、むぎゅっと抱きしめたくなるだろうが! 眉間の皺だって、舐《な》めたくなるだろう、この野郎。わかっててやってんのか、その表情は!

「なんで急に、そんなこと言うんだよ、涼司。俺は…」

「急じゃねーよ。ずっと思ってたんだよ。俺はさ、……お前のこと知りたいんだよ」

「え？」

我慢できずに、抱きしめた。

「知りてーんだ。なにもかも全部。身体のイイとことか、そういうんじゃなくて……どんなもん好きで、なにを欲しがってて、どうしてやったら喜ぶのか。嬉しいのか、悲しいのか……怒るのか。全部知って、全部……俺のもんにしちまいたいんだ。無理かもしれないけど、とりあえず、透が欲しいって言うもんは俺がやりたいし、喜ばせてやりたい。なあ、透、駄目か？　俺、まだ頼りねーか？」

「……涼司、なに言ってんだよぅ」

胸に押しつけた彼が、泣きそうな声を出す。

「そんなの……もうわかってるじゃん。全部……涼司のものじゃん、俺…っ」

手にしたパステルをそっと床に置いて、透はそのまま俺の背中に腕を回した。ぴったりと身体がくっついて、ドキドキと鼓動が走るのを感じる。これは——俺の鼓動か？　それとも、透の？

「俺だって……涼司としたいと思ってるよ？」

おずおずと、透が言った。

「キスも……したいよ。したくないのに、我慢して言いなりになったりしないよ。ちゃんと、したいんだよ、俺だって」

「じゃあ…」

「俺からしたことなかったんだっけ？」

うん、と頷く。

「それは……したくないんじゃなくて、いつも…したいなって思ってる時に、先に涼司がしてくれるからだよ」

「……そうなのか？」

ちょっと間の抜けた声になってしまった。

——けど、それってホントか？　つまり……俺があんまり頻繁《ひんぱん》にチューしたり、エッチ誘ったりするから、透から言い出す暇がないっつーか、言う必要がないっつーか……そういうこと？

「一応男だけど、涼司とするのは抵抗ないよ。今はもう…」

拗《す》ねたようにつけ加えられて、ああ、あれもまた失言だった、と反省してしまう。

「ごめん」

素直に謝って、すぐそばにある彼のオデコに唇をくっつけた。

「ごめん、透。……この前さ、なにかあったら一番に俺に相談してくれるっつったじゃん。けど……ちっともそうじゃないし、俺……まだまだ柏崎に敵《かな》わねーのかなって、ちょっと僻《ひが》んでた。悪かった」

「ええ？」

なんでまた部長が出てくるんだよ、と腕の中で透がもがく。それをやんわり押さえつけて、だからごめんって、とくりかえした。

「相談しないのは、べつに相談するようなことが今はないからだよ。涼司だって、そうだろ？」

「んー……あー、そっか。そうだな、そういえば」

最近頭を悩ませたことといえば、透になにをプレゼントするかってことと、今ぶちまけてしまったようなことばかりだったから——笑っちゃうくらい平穏な毎日なのだろう。

ふっと、匡の呆《あき》れかえったような顔が頭に浮かぶ。

アホらしい、とあいつが言うのも、確かにわからなくもない。俺たちってば、バカップルだ……。

「もう一つ、聞いてもいいか？」

照れ隠しに、エヘヘンとわざとらしい咳払《せきばら》いを一つ。

「いいよ。なに?」

「お前……俺のどういうとこが好きなわけ? ぜ、全部、とかいうのはナシで」

「えー、……まあ、全部とは言わないけど…」

悪戯《いたずら》っぽく呟いて唇を尖らせている透を、「この野郎」とふざけて締め上げた。透は笑いながら降参して、それからふと生真面目《きまじめ》な顔つきになる。

「……なんだろうな。涼司は……せっかちなくせに、俺のことは割りとおおらかに受け留めてくれるっていうか……待っててくれるよね。俺が困ってると、さりげなく助けてくれて……変に甘やかすとかいうんじゃなくて、でも見守っててくれてる感じ。俺はそれで安心してられるっていうのかな……上手《うま》く言えないけど…。なんか……涼司がいてくれるだけで、ホッとする。大丈夫って気がして——あれ、俺、変なこと言ってる?」

「いや、言ってねーよ。けど、お前、前に電話で柏崎のことを好きだって言った時も、似たようなこと言ってなかったか? トロくても待っててくれるとか、世話焼いてくれるとか」

あれは、と困ったように透は口籠《くちごも》った。

「なんだよ?」

「……あの時は、涼司のことを言ったんだよ。部長のどこが好きかなんて、思い浮かばなかったから……適当に言ってたら、途中から涼司のことになって…」

──なんだって？

なんだよ、そうだったのかよ！　あれは、俺への告白だったたってことか？

思わず顔がニヤけてしまいそうになる。

「それで？」

もっと言って、と先を促した。

「もっとって──……わかんないよ。全部じゃないけど、どこがどうとかっていうんじゃないんだ。なんかもう、気がついたら好きだったたし、涼司のそばは居心地がよすぎて離れられない、みたいな……──涼司？」

聞いてるうちに、たまんなくなって押し倒してしまった。

サカリのついた野良犬みたいに、透の顔中にキスをする。耳も鼻も頬も唇も、すべてが愛おしい。

「ちょ、ちょっと、待ってよ涼司っ、う、うわっ！　なんで⁉」

「お前が可愛いこと言うからだろ。責任取れ」

制服を剥ぎ取って、シャツの前をはだける。早く、早く──抱きたい。俺の中を透でいっぱいにして、透の中も俺でいっぱいにしたい。深く混ざりあって、溶けあってしまいたい。

「責任取れって……涼司が言わせたんだろ！」

「そう。そうだけど、我慢の限界。あー、もうなんでこんなに好きなんだろうな？」

我ながら呆れてそう呟くと、透は困ったような顔をして俺をじっと睨む。

「どうした？　嫌？」

「……嫌じゃないよ。俺も——したい。でもその前に、涼司も言って。俺のどこが…」

「全部だよ、全部。決まってんだろ！　ちょっと腰上げて」

言うとおり腰を浮かせてくれるのに、素早くズボンと下着を脱がせる。

「そんなのズルイよ。全部はナシって…」

「だって、全部なんだからしょうがねーだろ！　お前の全部が、俺のツボなの。なんで最初から気づかなかったんだろうって、不思議なくらい……チクショウ、もっと早くに——高校入って初めて会った時、すぐにでもこうしてりゃよかったな」

「ムチャクチャ言ってる…」

不服そうに、透はちょっと頬を膨らませた。俺にずっと片想いしていたと言っていたから、その間のつらさとか苦しさなんかを思い出して、理不尽さを感じてるんだろう。悪かったと思うけど、過去をやり直すことはできない。出会った時は、こんなことになるなんて考えてもみなかったのは事実なのだ。

男だから、自然と恋愛対象からは外れていて——でも、無意識のうちにきっと透を求めていた。透のイク顔を想像したりしたのは、たぶんそのせいだ。そういう本能みたいなものに、気持ちがついていくのが少し遅れたばかりに、透には悲しい思いをさせた。それはこれから、俺が癒してやるしかない。

指先で膨らんだ頬をちょいと突いて、ベッドサイドに置いてあったゼリーを手に取り、彼の中に塗り込めていく。本当はもっと丁寧に透を蕩《とろ》かせてやりたいところだけれど、今日は無理だ。早く一つになりたい。

「……んっ、――あ、あっ、涼司、急ぎすぎ…」

「悪ィな、せっかちで。……待ってやれねーけど、駄目か？　まだ無理？　こんな俺は嫌だ？」

バカ、と透が苦笑する。

「いいよ。……来いよ、もう平気だから」

――こういうところが、女とは違う。今まで抱いてきた女と比べる気はないけれど、透を抱くたびに思う。どんなに抱いても、彼はちゃんと男で――……ちっとも崩れない。俺の腕の中でドロドロになって、身悶《みもだ》えて喘《あえ》いでグチャグチャに乱れても、芯のどこかがシャンとしてて――凜々しくて潔い。すごく綺麗だ、と俺はいつだって見惚《みと》れてしまう。

潜り込んだ彼の体内は、熱くて柔らかい。俺を包み込み、受け入れてくれる。

底のない快楽――……溺《おぼ》れてるのは、俺だ。

深く腰を突き入れながら、手を使って彼を追い上げる。苦痛と快感がない交ぜになったような顔をして、透は洩れそうになる声を堪えて胸を喘がせている。

想像して――実際に見たら、想像よりずっとよかったこの表情。誰にも見せたくない、と思う。俺だけのものにしておきたい。

「ああっ……もう…」

駄目、と掠《かす》れた声を上げて仰《の》け反《ぞ》った喉元《のどもと》に、唇を押し当てる。

絶頂が近かった。


腕の中に閉じ込めた透に、何度もキスをする。

「……涼司」

唇が離れた隙に、呆れたような口調で彼が俺を呼んだ。

「うん？」

「ちょっと休んで、涼司」

「なんで」

やだよ、という俺の唇を、透は掌で遮った。

「……俺からキスする暇がないじゃん」

嬉しい台詞《せりふ》を告げられて、つい顔がニヤケてしまう。

「してくれんの？」

「もうちょっと間空けてからね」

「えー…」

なんだよそれ、と唇を尖らせると、透はプッと噴き出した。笑うなよと言おうとしたら、いきなりチュッと音を立ててキスされる。

「な――」

「涼司の拗ねた顔見てたら、キスしたくなった」

「この野郎」

いけしゃあしゃあと言った顔を掴まえて、お返しとばかりに俺からもキスする。ああ、俺たちってば本当に――……恋に溺れてグチャグチャだ。

ひとしきりキスしたあと、俺は余韻に浸りながら彼を背後からやんわりと抱えた。薄い肩にオデコをくっつけて目を瞑《つぶ》る。しばらくじっとしていた透は、ふと思い出したように身動《みじろ》ぐと、手を伸ばして床に置かれたままになっていたパステルの箱を取った。

もう一度蓋《ふた》を開け、大事そうにパステルの表面をまた撫でている。

「透？」

呼びかけると、彼ははにかんだような笑みを浮かべた。

「……俺がどんなに嬉しいか、わかる？」

「ああ」

わかるような気がした。彼の全身から、和やかなオーラみたいなものが直接肌を通して伝わってくるみたいだ。

そして、彼が喜んでくれると、俺も嬉しい。

胸に燻っていた悩みは消えて、とても穏やかな気分だった。いつだって、こうして透に癒されてると思う。

「来年は、なにが欲しい？」

耳元で囁いたら、「もう来年？　今年の誕生日だって、ホントはまだなんだよ」と笑われた。

だって、しょうがないだろう。来年の誕生日も、再来年もその次の年も、透を喜ばせたいんだから。ずっとずっと、この先永遠に。

胸の中でささやかな願いを呟きながら、彼の耳たぶに口接《くちづ》ける。

それは、パステルの桜色よりも淡かった。

あとがき

こんにちは。もしくは、はじめまして。ここまで読んでくださって、どうもありがとうございます。半年ぶりの新刊です〜。

この『ヤバイ気持ち』は、最初にコミックの原作を書かせて頂いたのが二〇〇〇年でしたから、思いがけず長いつきあいになりました。コミック化というだけでもとても嬉《うれ》しかったのに、昨年はCDドラマにもして頂き、続編を書く機会を頂き——今またこうして文庫として発行して頂けて、ものすごく嬉しいお仕事だったなあと思います。これもみな、コミック版を応援してくださったり、原作を読んでみたいとリクエストをくださった皆さまのおかげだと思います。ありがとうございます。コミックスでは、描き下ろしのショート漫画があり、CDではオリジナルのラストシーンがあり、この文庫ではその後の二人と涼司《りょうじ》側の書き下ろしをさせて頂いたので、それぞれ楽しんで頂けるのではないかなーと思うのですがいかがでしょう？　またご感想など聞かせて頂けると嬉しいです。

ストーリー的には、私の一番好きなパターンというかよく書くパターンだったのですが、漫画を先に読まれた方は、穂波《ほなみ》ゆきねさんがいかに上手く漫画化してくださったかがおわかり頂けるのではないでしょうか。私自身、動いている登場人物たちにワクワクして、一読者として楽しませて頂いたのを覚えています。また、今回の文庫化にあたって、小説以前だった原案の原稿にちょっと手を加えたのですが、穂波さんの漫画にずいぶんと助けられた気がします。

そして、今回も引き続き素敵なイラストを描いてくださって、本当にどうもありがとうございました！　当て馬キャラの単なる脇役だった柏崎《かしわざき》が、なんとカラーで登場で、思わず「出世したねえ」とほろりとしてしまいました（笑）。

さて、しばらくお仕事をお休みしていたせいで、いろいろと皆さまにご心配をおかけしてしまったようです。実は昨年十一月末に乳ガンを宣告され、二月に入院して無事手術を終え、現在は化学治療中です。まだ以前のようなペースとはいきませんが、ぼちぼちと仕事を再開致しました。そんなわけで多方面にご迷惑をおかけしてしまいました。担当のB場さんにもいろいろとお気遣い頂き、ありがとうございます。ワガママな仕事ぶりですみません。今はまだ、なかなか思うようにならないことばかりで、早く治療が終わって体調を元に戻して……バリバリ小説が書きたいぜー!!　という気分です（笑）。結局、どんなことがあっても、ボーイズラブが大好きなのでした。ゆっくりゆっくり歩いていきたいと思いますので、今まで同様に応援して頂ければ、とても幸せです。

二〇〇四年五月　鹿住槇《かずみまき》　拝

この本を読んでのご意見、ご感想を編集部までお寄せください。
《あて先》〒105－8055　東京都港区芝大門2－2－1　徳間書店　キャラ編集部気付
「鹿住槇先生」「穂波ゆきね先生」係

■初出一覧

Chara

ヤバイ気持ち

……【キャラ文庫】

2004年6月30日　初刷

著　者　鹿住　槇
発行者　市川英子
発行所　株式会社徳間書店
〒105-8055　東京都港区芝大門2-2-1
電話03-5403-4324（販売管理部）
03-5403-4348（編集部）
振替00140-0-44392

印刷・製本　図書印刷株式会社
カバー・口絵　近代美術株式会社
デザイン　海老原秀幸

ISBN4-19-900309-6

キャラ文庫

鹿住 槇の本

絶賛発売中

10年前に犯した罪は、お前の体で償わせる――

ミステリアスLOVEロマンス

[甘い断罪] CUT 不破慎理

平凡な会社員・俊哉《しゅんや》の前に、高校の頃に姿を消した同級生の秋吉《あきよし》が現れた。「お前の罪を体で償え」と迫られるが…!?

好評既刊

[囚われた欲望] CUT/椎名咲月

高3の時同級生に犯され、無気力に生きてきた誠《まこと》。その同級生そっくりな男が現れて…。

[ゲームはおしまい!] CUT/宏橋昌水

1ヵ月以内に俺をオトせるか――俺・久保田祥《くぼたしょう》は、後輩の小山内《おさない》と賭けるハメになり!?

鹿住 槇原作のCharaコミックス

[騎士《ナイト》のススメ] 作画 楠本こすり [ヤバイ気持ち] 作画 穂波ゆきね

好評発売中

鹿住 槇の本

【となりのベッドで眠らせて】

イラスト◆椎名咲月

裕貴《ひろき》は独り暮らしの高校生。淋しさを忘れたくて、アパートの隣室に住む優しい大学生・哲哉《てつや》と付き合っていた。ところが、哲哉とのSEXを哲哉の親友・雄仁《ゆうじん》に見られてしまう!!　激しく貫かれる裕貴を食い入るように見つめる雄仁。動揺する裕貴だったが、そんな彼をおいて哲哉が留学してしまった。「慰めさせろよ、俺に」哲哉の痕跡《あと》を消そうとするように、雄仁は繰り返し裕貴を抱くが!?